FOLIO POLICIER

Thierry Jonquet

Le manoir
des immortelles

Gallimard

Thierry Jonquet, né en janvier 1954 à Paris, ergothérapeute, enseignant, scénariste, militant engagé durant toute sa vie et dernièrement médaillé de la LICRA en 2007 à l'occasion de la publication d'*Ils sont votre épouvante et vous êtes leur crainte* (Seuil), a commencé sa carrière d'écrivain en 1982 avec *Mémoire en cage* paru dans la collection Sanguine (Albin Michel). Venu très vite à la Série Noire avec l'étonnant *Mygale*, dont les droits de cinéma ont été réservés par Pedro Almodovar, Thierry Jonquet a par la suite écrit *Du passé faisons table rase*, *La Bête et la Belle* (numéro 2000 de la Série Noire) et *Comedia*. C'est avec *Les orpailleurs* puis *Moloch*, tous deux Trophée 813 du meilleur roman de l'année, que s'est confirmé et imposé ce ton si singulier, mélange d'ironie, de férocité et d'empathie. Auteur majeur du genre, c'est aussi dans une volonté farouche de refuser l'effet littéraire trop souligné et le principe de « belles phrases » que Thierry Jonquet a, par la construction impeccable et parfois jubilatoire de ses livres (*La Bête et la Belle*, *La vie de ma mère !*), dynamisé le roman noir français. Il a contribué à son évolution en n'oubliant jamais, au-delà de l'engagement, de raconter des histoires, à la manière d'un conteur respectueux mais sans concession, en faisant exister les personnages et les lieux. Un auteur social donc, touché par l'humain, mais un styliste aussi dans l'épure, auquel les lecteurs et amateurs du genre doivent des instants de pur plaisir, de peur et de complicité rétrospective lorsque s'achève la lecture. Thierry Jonquet, homme de conviction et d'engagements, grand écrivain, est décédé à l'âge de cinquante-cinq ans le 9 août 2009.

1

Numéro 52 était un petit bonhomme rondouillard, au crâne chauve protégé de la froidure par une toque d'astrakan noire. Numéro 52 ignorait qu'il était ainsi affublé d'un numéro.

Il rajusta sa mise en examinant sa silhouette boudinée dans la vitrine d'un pressing. Un vent glacial soufflait dans la rue. Un manteau en poil de chameau, ainsi que des sous-vêtements de tissu thermolactyl tenaient bien chaud à Numéro 52. Il était donc là, Numéro 52, à contempler son image dans le miroir qu'offrait la devanture d'une boutique de nettoyage automatique, un jeudi de novembre.

La rue dans laquelle se trouvait le pressing était une rue banale. On ne s'y promenait guère : elle ne présentait aucun intérêt particulier. Quelques immeubles, une boucherie, une bijouterie… un morceau de square venait toutefois rompre la monotonie des façades.

Numéro 52 hésitait. Décidément, il avait chaud.

Il sentit ses paumes moites coller au cuir de ses gants. Il frissonna. Après tout, cela valait-il la peine ? Il se rappela la Voix, au téléphone. Une Voix à laquelle il ne pouvait qu'obéir, lui, Numéro 52. C'était ainsi.

Tout à coup, le gérant du pressing, intrigué par ce petit homme ventru qui observait fixement les rangées de costumes alignés en devanture, se planta sur le seuil de la porte. Numéro 52 sursauta. Une petite vieille précédée d'un chien ridicule arpentait le trottoir. Numéro 52 s'écarta pour la laisser passer. Il dut enjamber la laisse du chien, un caniche malingre couvert d'un petit manteau de tissu écossais. Numéro 52 fit quelques pas. Il s'arrêta devant la bijouterie, et fit mine d'être intéressé par les montres, les pendentifs, les horloges… puis il haussa les épaules.

— Allons, se dit-il, personne ne m'a suivi jusqu'ici !

Et résolument, il franchit les quelques mètres qui le séparaient de l'immeuble contigu à la bijouterie. De l'index, il pressa le bouton du digicode. La Voix, au téléphone, lui avait indiqué comment procéder. La serrure électronique émit un grésillement ténu et Numéro 52 poussa la porte de verre. Dans le hall de l'immeuble, un parterre de cactus faisait face à l'ascenseur. Numéro 52 se souvenait parfaitement des instructions qu'on lui avait données. Il pénétra dans la cabine.

Hadès surveillait attentivement Numéro 52.

Il ne s'appelait pas réellement Hadès, bien entendu. C'est sous ce nom d'emprunt qu'il avait loué le studio qui lui servait maintenant de poste d'observation.

Il avait choisi ce pseudonyme — pour le donner à l'agence immobilière où personne, d'ailleurs, ne s'était étonné qu'on puisse porter un tel nom — en souvenir de sa jeunesse studieuse. Il avait jadis étudié le grec et les récits mythologiques le fascinaient. Hadès, Gouverneur de l'Empire des Morts… Aujourd'hui encore, il aurait pu parler des heures durant de ces vieilles légendes surannées, de ce monde des ténèbres cerné par des fleuves maudits.

Mais, quand Numéro 52 pénétra dans l'immeuble dont le hall était orné d'un buisson de cactus, Hadès n'était guère enclin à la rêverie, ni au bavardage. Au travers de son téléobjectif, il avait assisté au manège de Numéro 52, à ses stations devant le pressing, puis la bijouterie.

À vrai dire, dès l'apparition de ce petit homme bedonnant, Hadès eut l'intuition qu'il s'agissait bien de Numéro 52.

Et Numéro 52 n'avait prêté aucune attention à cet autre immeuble qui faisait face au square, de ce côté-ci de la rue. Au deuxième étage il ne remarqua pas le rideau qu'une main osseuse écartait, et

11

ne vit pas l'œil rond et noir du téléobjectif embusqué au coin de la fenêtre. Tandis que Numéro 52 appuyait sur les boutons du digicode, Hadès actionna le déclencheur de son Nikon. Si bien qu'à présent, Numéro 52 — ou plus exactement le visage mollasson de Numéro 52 — était prisonnier du boîtier noir.

Hadès consulta sa montre, qui indiquait 16 h 40. Il embobina la pellicule, la sortit de l'appareil et la rangea dans une enveloppe de papier kraft sur laquelle il inscrivit, à l'aide d'un feutre rouge, « NUMÉRO 52 ».

Il soupira et épongea la sueur qui ruisselait de son front, puis il enfila un blouson de cuir, reposant roulé en boule sur le lit. Il eut un regard triste en contemplant la galerie de portraits photographiques qui ornaient les murs de la pièce. Il y en avait cinquante et un. En y incluant la place vide de Numéro 1. Hadès était Numéro 1. C'est-à-dire que le décompte s'opérait à partir de lui, Hadès. Mais il y avait deux autres trous : Numéro 28 et Numéro 42. Ils ne présentaient plus aucun danger.

Numéro 51, apparu le matin même, était inoffensif : sa voiture ornée de décalcomanies publicitaires criardes vantant les mérites d'une marque de vin de Champagne en témoignait. Totalement anodin, Numéro 51. Mais Numéro 52 ?

Hadès rangea la pellicule dans le tiroir de la table de nuit. Il frissonna en évoquant le souvenir de Numéro 42. Quel salaud. Tout était fini, heureusement. Il sourit en apercevant sur le mur la trogne joviale du Numéro 13. Un bon père de famille, charcutier traiteur de son état. Hadès n'était pas superstitieux. Il avait bien raison. Numéro 13 était inoffensif. Mais Numéro 52 ? Numéro 42, lui, était un véritable démon. Le problème ne se posait plus.

Hadès alluma une cigarette et se dirigea vers la fenêtre. Près du chambranle, les fils du magnétoscope couraient, jusque sur le lit. Numéro 52 sortirait d'ici une vingtaine de minutes, probablement. Hadès avait tout son temps.

Il suivrait Numéro 52 dans la rue, lui filerait le train jusque chez lui. Jusqu'à ce qu'il découvre qui était Numéro 52. Qui était peut-être aussi dangereux que Numéro 28 ? Hadès n'en savait rien. Mais, tandis qu'il serait ainsi occupé à espionner Numéro 52, les autres pouvaient venir. Quel jour était-on ? Jeudi ? Jeudi était le jour de Numéro 12 et de Numéro 35. Numéro 12 viendrait sans coup férir. Quant à Numéro 35… c'était un capricieux. Il n'avait pas de jour attitré, venait quand bon lui semblait. Cela ne facilitait guère le travail. Mais Numéro 35 était quelqu'un de tout à fait normal. De lui, il n'y avait rien à redouter.

Hadès régla l'objectif de la caméra et mit le magnétoscope en marche pour vérifier la correction de l'angle. Sur l'écran apparut bientôt l'entrée de l'immeuble dans lequel Numéro 52 avait pénétré, un quart d'heure plus tôt. Hadès sourit, satisfait. En son absence la caméra guetterait pour lui. Et si un autre numéro s'ajoutait à la liste — un hypothétique Numéro 53 ? — le magnéto-scope lui restituerait fidèlement le visage de l'intrus. Le cas s'était déjà présenté. Hadès avait ainsi fait connaissance avec Numéro 47, Numéro 21 et Numéro 34. Puis ils étaient reve-nus, et Hadès s'était assuré, en les filant, de toute absence de danger. Par contre, il était très contra-rié de ne pas connaître Numéro 44. Il ne possé-dait de lui qu'un portrait très flou, pris sur l'écran de télévision. Mais, si d'aventure, Numéro 44 pointait de nouveau le bout de son nez, Hadès ne le laisserait plus s'échapper.

La cassette se dévidait lentement. La petite vieille au chien ridicule traînait encore sur le trottoir, devant la bijouterie. Sa silhouette ratati-née se détacha sur l'écran puis elle quitta le champ.

Hadès éteignit la lumière et ferma la porte à clé avant de descendre l'escalier. Quelques minutes plus tard, comme prévu, Numéro 52 sortit dans la rue. Hadès lui emboîta le pas.

Au fil des mois, il avait eu tout le loisir de mettre au point une méthode de filature très éla-borée.

Sa moto était garée près de l'entrée du square. Si un quelconque numéro montait dans une voi-ture, Hadès était paré. Il y avait d'ailleurs un terre-plein servant de parking, à l'autre bout de la rue, et, avec un peu de chance, Hadès savait dès le début si la « cible » était motorisée. Deuxième solution, en fait une variante de la précédente : la station de taxis, sur la place toute proche. Hadès roulait au pas jusque-là, puis, si la « cible » montait dans un taxi, il ne lui restait plus qu'à s'accrocher en zigzaguant entre les voitures. Troisième possibilité : le métro, dont une bouche se trouvait elle aussi au carrefour. Hadès pouvait garer sa moto en quelques secondes et s'engouffrer dans la station, si le besoin s'en faisait sentir. Enfin, il y avait les flâneurs. Les piétons impénitents. Qui erraient dans les rues parfois durant des heures entières avant de regagner leur domicile. Quand il était certain qu'il avait bien affaire à cette engeance détestable, Hadès prenait son mal en patience et marchait, lui aussi.

Numéros 4, 22, 38, 27, 18, 15, 29, 12 étaient des piétons. Hadès avait dû flâner en leur compagnie sur les boulevards avant de découvrir qui ils étaient. Numéros 30, 11, 7 prenaient le métro, tandis que Numéros 14, 41, 50 ou 13, pour ne citer qu'eux, venaient en voiture. Numéro 42 et Numéro 28 avaient pris le taxi, mais on ne risquait plus de les voir, à présent.

Hadès s'accrocha donc aux basques de Numéro 52. Il poussait sa moto en la tenant par le guidon. Mais il la gara très vite, car Numéro 52 sortit une carte orange d'une des poches de son pardessus. Hadès, à sa suite, descendit les escaliers du métro. Il y avait plusieurs lignes, à cette station, et il ne s'agissait pas de se tromper. Numéro 52 prit Étoile-Nation, par Denfert. Hadès monta dans le même wagon. Il était 17 heures passées de dix minutes et la foule commençait à s'amasser sur les quais, à chaque arrêt. Hadès était résolu à ne pas perdre de temps. Il fallait profiter de l'affluence. Ballotté par les voyageurs qui montaient et descendaient de la rame, Numéro 52 ne remarqua pas cet homme au visage émacié surmonté d'une épaisse chevelure grise qui se rapprochait de lui, à chaque mouvement de foule. Au hasard d'un coup de frein, Numéro 52 marcha sur les pieds d'Hadès, et, déséquilibré, s'accrocha à lui, en agrippant son blouson. C'est à cet instant qu'Hadès opéra. Numéro 52 ne se rendit compte de rien. Il était confus et s'excusa auprès d'Hadès. Celui-ci descendit à Montparnasse, la station suivante. Il se faufila parmi les voyageurs, bouscula même les plus lents à s'écarter sur son passage. Numéro 52, quant à lui, était resté dans la rame qui démarrait de nouveau. Hadès sourit en montant les marches d'un escalier mécanique : il tenait le portefeuille de Numéro 52 à la main. Un bel objet de cuir noir marqué des initiales de Numéro 52 : R. H. Hadès se retrouva bientôt à l'air libre. Il pénétra dans une brasserie et commanda un cognac. Puis il ouvrit le portefeuille

16

afin d'en étudier le contenu. Il dédaigna la carte d'identité, et faillit s'évanouir en découvrant la suite.

— Mon Dieu... murmura-t-il, épouvanté.

2

Hadès était rentré chez lui, à présent. Dans ce vieux manoir quelque peu délabré qu'il habitait depuis vingt-cinq ans. La bâtisse était isolée du village par quelques hectares de forêt et un mur épais, hérissé de tessons de bouteille, faisait le tour de la propriété, si bien qu'on foutait la paix à Hadès, depuis vingt-cinq ans. Sa résolution était prise. Numéro 52 devait disparaître. Il avait mûrement réfléchi sur le chemin du retour. Après avoir quitté la brasserie de Montparnasse, il revint dans le studio. Le magnétoscope tournait toujours. Mais il était plus de 17 h 30 et cela ne servait donc plus à rien. Il visionna la bande enregistrée durant son absence. Un homme d'une cinquantaine d'années s'était présenté, avait pénétré dans l'immeuble, pour redescendre au bout d'une dizaine de minutes en compagnie de la locataire du troisième. L'immeuble était minuscule — il s'agissait d'un ancien hôtel particulier — et ne comportait que trois logements. Un pilote de ligne habitait au premier. Il n'utilisait son studio que comme pied-à-terre et venait y dormir, une nuit de temps à autre, entre deux escales. Il ne recevait jamais personne. Au troisième il y avait une retraitée de l'enseignement qui vivait assez recluse. Parfois un fils (ou un neveu ? enfin, un jeune homme) lui rendait visite en fin de semaine. Aussi la venue de ce quinquagénaire était-elle surprenante, mais assurément sans danger.

Hadès avait pris sa décision : Numéro 52 devait disparaître. Comme Numéro 28 et Numéro 42.

3

On prévint le commissaire Salarnier le samedi matin. Il n'avait pas dormi de la nuit, et devait passer à l'hôpital, chercher les résultats des dernières analyses. Par crainte plus que par lâcheté, il était décidé à retarder au maximum cette corvée. En se rendant au Quai, il écouta les dernières nouvelles à la radio. Mais la marche du monde lui était totalement indifférente. Il pleuvait. Salarnier mit le chauffage à fond. Durant le trajet, il se livra à de petits jeux stupides, ce qui lui arrivait fréquemment, ces derniers temps. Il invoquait le hasard pour apaiser son angoisse. Par exemple, au bureau, il lançait un papier vers la corbeille, sans vraiment calculer la trajectoire, mais en priant pour que le projectile atteigne son objectif. Si tel n'était pas le cas, Salarnier haussait les épaules en souriant de ces superstitions idiotes, mais si la boule de papier froissé, généralement une circulaire syndicale insipide, atterrissait dans la corbeille, le commissaire Salarnier, d'ordinaire aussi rationaliste que la moyenne de ses contemporains, frémissait de joie en érigeant cet événement dérisoire — un papier chiffonné rejoignant dans une corbeille de plastique des journaux déchirés — au rang de présage fiable, annonciateur d'événements heureux…

Il avait quitté Gentilly à 8 h, et les environs de la Poterne des Peupliers étaient déjà embouteillés. Jusqu'à la place d'Italie, une camionnette jaune le précéda sur l'avenue. Elle obliqua ensuite vers les Gobelins. Salarnier sourit en la suivant.

— Si elle va jusqu'à Monge, songea-t-il, les résultats seront bons…

L'ordonnance était rangée dans la boîte à gants. À Monge, la camionnette était toujours là.

— Si elle ne tourne pas avant le Boul'Mich, les résultats seront vraiment bons…

Un feu passa au rouge et il dut piler. La camionnette s'éloignait inexorablement. Au vert, Salarnier enfonça la pédale de l'accélérateur pour la rattraper.

— Saint-Michel, c'est trop risqué, rectifia-t-il, disons Maubert, si elle va jusqu'à Maubert, alors là, les résultats, du tonnerre de Dieu…

Mais la camionnette obliqua sur la droite, vers Jussieu. Salarnier pâlit, et comme d'habitude, haussa les épaules. Décidément, tout cela n'avait aucun sens. Les tours et détours d'une camionnette, ce samedi matin, ne pouvaient exercer aucun effet sur ces foutues analyses, qui, de toute façon, étaient terminées depuis la veille. Non, décidément non, un virage à droite ou à gauche n'influerait d'aucune manière sur l'alchimie malfaisante qui s'opérait au fond d'une éprouvette, là-bas, à l'hôpital.

Au Quai, Salarnier gagna aussitôt son bureau. Certains de ses collègues étaient au courant et faisaient des efforts pour se montrer aimables. Mais leurs sourires, tout comme le trajet des boulettes de papier ou les pérégrinations des camionnettes, ne servaient à rien.

— Salarnier ! c'est à côté du truc sportif, à Bercy, vous verrez, il y a un grand chantier, sur la gauche, près des quais, c'est là…

Le patron ne s'encombrait pas, lui, de formules. Pourtant, il était au courant. Salarnier soupira. Voilà, il le tenait enfin, le prétexte qui lui permettrait de différer à l'après-midi son passage à l'Hôtel-Dieu. Et le sursis qui lui était ainsi accordé, par la grâce de la hiérarchie, le réjouit tout d'abord.

— Absurde, se dit-il en montant dans sa voiture. Si les résultats sont bons, je mijote quelques heures de plus, et s'ils sont mauvais… je le saurai bien assez tôt !

Les abords du chantier étaient embouteillés. Salarnier mit son gyrophare amovible en marche. Il eut un regard de dégoût pour la pyramide du

Palais Omnisports. Juste en face, près des berges de la Seine, une longue palissade délimitait le périmètre d'un immense chantier. Les bâtiments en construction abriteraient le nouveau Ministère des Finances. Deux cars de la PS étaient garés à l'entrée. La camionnette de l'Identité Judiciaire était déjà là, elle aussi. Salarnier se gara derrière les cars. Rital, son adjoint, l'aperçut quand il descendit de voiture. Il le guettait avec impatience.

— C'est là-dedans, dit-il en désignant les carcasses de béton, vous allez voir, c'est pas beau...

Rital, contre toute attente, était d'origine polonaise. Ses grands-parents avaient émigré en France au milieu des années vingt, mais Rital avait malgré tout l'impudence d'emmerder le monde avec la Vierge Noire et Solidarnosc.

Le chantier était couvert de boue et Salarnier dut s'engager sur un chemin de planches qui menait au premier groupe d'immeubles.

— C'est le gardien qui l'a trouvé ce matin, expliqua Rital, il fait des rondes la nuit parce que les ouvriers laissent du matériel sur place.

Près d'une bétonneuse, les gens du laboratoire s'affairaient, entourés de flics en civil. Salarnier s'approcha. Rital n'avait pas menti. C'était dégueulasse. Le corps était recroquevillé sur le sol ; on le photographiait sous tous les angles.

— Il était à genoux et il a basculé sur le côté... remarqua Rital.

— Et la tête ? demanda Salarnier.

— Et la tête, alouette, elle est de ce côté-ci… répliqua Rital.

Il désignait un compresseur de marteau pneumatique, à quelques mètres de la bétonneuse. Salarnier vit la tête, enfoncée dans une flaque d'eau grise teintée de rouge. Sectionnée au niveau du cou. Des flots de sang s'étaient répandus alentour. Les yeux demeuraient grands ouverts et le rictus qui tordait le visage reflétait une horreur intense. C'était bien la seule chose qui paraissait normale dans tout cela.

— Vous le reconnaissez ? demanda Rital.

— Oui, bien sûr, répondit Salarnier, ça fait tout drôle de le voir comme ça, hein ?

Un autre flic s'approcha d'eux. Il était enrhumé et se moucha bruyamment avant de s'adresser au commissaire.

— On a fouillé dans le coin, dit-il, mais on n'a trouvé aucun outil qui aurait pu servir à couper la tête aussi proprement.

— Ça s'est passé cette nuit… marmonna Salarnier. Hein, cette nuit ? répéta-t-il d'une voix plus forte.

— Apparemment, approuva Rital, Harville pourrait nous confirmer, seulement voilà…

Salarnier haussa les épaules. Mieux valait ne pas relever les bêtises de son adjoint.

— Avec quoi on lui a fait ça, à votre avis ? demanda-t-il au flic enrhumé.

— Impossible à dire… Dans un chantier, on peut défoncer la gueule d'un type à coups de marteau, l'éventrer à la pelle, le noyer dans le béton…

— Lui labourer le crâne à la perceuse ! surenchérit Rital.

— Mais avec quoi on peut lui trancher la tête aussi bien que ça ? D'un seul coup ?

— Une scie circulaire ? proposa Salarnier.

— On a cherché partout, y en a pas…

— Bon, on verra plus tard ! conclut Salarnier.

Les techniciens avaient terminé leur travail. On embarqua le corps dans un fourgon. Salarnier vit la tête d'Harville échouer au fond d'un sac de plastique. Il se mordit la lèvre, jusqu'au sang. Harville ! Ce bonhomme un peu pince-sans-rire que tout le monde connaissait, au Quai, venait de terminer son existence, le cou tranché, dans un chantier, une nuit de novembre. Salarnier ne se posa pas la question de savoir s'il s'agissait là d'un présage favorable…

Il suivit le car qui emporta le corps de Robert Harville à l'Institut médico-légal. Là, des mains expertes s'en saisirent pour le ranger dans un tiroir réfrigéré. Le commissaire alluma une cigarette en attendant Dudrand, le médecin légiste de permanence. Un employé de la réception lui avait dit qu'il arriverait d'une minute à l'autre. Mais Dudrand était en retard et Salarnier eut le temps d'aller prendre un café.

— Désolé, dit Salarnier, en serrant la main du médecin, je vous ai apporté un drôle de colis…

— Oh, on a l'habitude, répliqua Dudrand, d'un ton morne.

— Ça va vous faire un choc, quand même ! insista Salarnier.

— Et pourquoi donc ? rétorqua Dudrand, sarcastique.

— C'est Harville.

— Harville ? !

Dudrand lâcha sa pipe — il était en train de la bourrer — et elle tomba sur le sol avec un bruit mat. Salarnier se baissa pour la ramasser.

— Oui, Harville, reprit-il, on lui a coupé le cou, cette nuit, dans un chantier. On n'a pas retrouvé l'arme et j'aimerais bien que vous me disiez de quoi il s'agit : un sabre, ou une hache, probablement.

— La tête tranchée, Harville ? répéta Dudrand, abasourdi.

Salarnier tourna les talons et abandonna le médecin légiste à sa stupeur devant la mort brutale de son confrère.

4

De toute la journée du samedi, Hadès ne quitta pas le manoir. Le samedi était le jour de repos, ainsi que le dimanche. Ces jours-là, Lola ne sortait pas de chez elle.

Hadès dormit jusque tard dans la matinée. Il était épuisé. Toute la journée du vendredi, il avait épié Numéro 52. À son travail, au restaurant dans lequel il déjeunait le midi. Numéro 52 était un personnage parfaitement répugnant. Plus que Numéro 28, bien plus que Numéro 42. Par bonheur, il n'accomplirait plus sa sale besogne. Il ne viendrait plus troubler le bonheur d'Hadès. Numéro 52 avait supplié, à genoux dans la boue, mais Hadès ne s'en était pas laissé conter… Ils se ressemblaient tous : ils apportaient le malheur et voulaient que l'on ait pitié d'eux, qu'on leur pardonne. Bêtes malfaisantes, êtres maléfiques ! Il fallait que Hadès se charge de les éliminer, personne n'aurait le courage de prendre sa place…

Il avala un repas rapide : deux œufs frits accompagnés d'une rasade de vin. Il mangea debout, dans la cuisine. Puis il sortit faire un tour, pour se dégourdir les jambes. Le manoir était entouré d'un parc assez vaste, mais en friche. Les ronciers gagnaient du terrain de mois en mois. De la forêt voisine, les animaux venaient, nombreux. Chez Hadès, ils trouvaient un refuge contre les chasseurs. Des lièvres, des écureuils, des belettes. Et des oiseaux, par centaines. Hadès, l'hiver précédent, avait installé des abris sur certains arbres. Il aimait la vie et savait la protéger.

Tout de même, il songea qu'il ferait bien de tailler les haies, d'élaguer quelques branches, d'arracher çà et là quelques arpents de broussailles. Ce n'était plus un parc, mais une jungle. Mais il n'avait guère de temps à consacrer à ces travaux. Peut-être pourrait-il en toucher deux mots à un paysan du village. Oui, il faudrait y penser.

Après une brève promenade sur ses terres, il revint au manoir. Il n'osait aller déranger Lola. Ces derniers temps, elle semblait heureuse. Hadès ne demandait rien d'autre que de contempler ce bonheur, en silence.

Devait-il lui parler de Numéro 52 ? Non, Lola s'inquiéterait. Elle n'avait plus rien à craindre, Numéro 52 ne viendrait plus jamais les tourmenter. Il avait envie de lui raconter comment Numéro 52 avait imploré le pardon, à genoux.

Mais Lola n'aimait pas que l'on évoque ces choses. Cela regardait Hadès, et lui seul. Chacun doit porter son fardeau.

Alors, que pourrait-il raconter à Lola ? Allait-il lui parler de la pluie qui avait cessé, après plusieurs jours d'averse consécutifs ? De la nécessité d'étaler quelques brouettées de gravier dans la grande allée près du portail ? (En rentrant, dans la nuit, Hadès avait bien failli s'embourber : un talus s'était effondré et la terre coulait sur l'allée, boueuse.) Mais Lola n'avait que faire de toutes ces futilités.

Il resta là, dans la grande salle du rez-de-chaussée, près de la cheminée. Assis devant l'âtre, il se réchauffait les mains. Il mourait d'envie d'aller voir Lola, dans sa chambre. Il lui proposerait de lui faire la lecture. Ce serait agréable, cet après-midi, de lire à haute voix quelques-uns des poèmes que Lola appréciait. Mais, le dimanche, Lola n'aimait pas que l'on vienne la déranger. Après tout, c'était bien normal. Elle voulait avoir la paix. Elle voulait jouir du silence de la campagne, du souffle léger du vent dans les branches des vieux chênes qui entouraient le manoir. Lola adorait la nature, le chant des oiseaux, les couleurs mordorées de l'automne en forêt. Comme tout un chacun, en somme. Lola n'était pas quelqu'un d'exceptionnel. Mais Hadès aimait Lola.

Et le dimanche, surtout le dimanche, Lola n'avait que faire de l'amour d'Hadès. Un amour éperdu mais servile, empressé mais maladroit. Hadès savait tout cela. Il en avait toujours été ainsi. Hadès n'avait jamais su aimer Lola comme il fallait. Il ne savait que la protéger. Et cela, il le faisait à merveille. Numéro 28, Numéro 42 et Numéro 52 en savaient quelque chose, les salauds !

5

Après avoir quitté l'Institut médico-légal,
Salarnier se rendit au domicile de Robert Harville.
La famille était déjà prévenue. Mme Harville et
son fils Laurent accueillirent le commissaire avec
courtoisie. Il s'emmêla la langue dans les formules de condoléances, mais on ne lui en tint pas
rigueur. Mme Harville était quelque peu hébétée.
Laurent gardait tout son sang-froid. Il avait 24 ans
et étudiait le droit. On leur avait dissimulé les circonstances exactes de la mort du médecin. Il était
question de coups de poignard, d'une agression
banale de voyous. Le moment viendrait bien assez
vite où ils devraient voir le corps. À moins qu'on
se débrouille pour fermer le cercueil sans qu'ils
s'aperçoivent de rien. Improbable, songea Salarnier. De toute façon, il était décidé à mettre le fils
au courant.

Mme Harville quitta le salon où elle avait reçu
le commissaire ; elle s'excusa en expliquant
qu'elle devait avertir la famille, penser aux pré-

paratifs de l'enterrement. Salarnier resta seul avec le fils, qui attendait les questions.

— Ce n'est pas facile… enfin, je…, bredouilla Salarnier.

— Je vous en prie…

— Bien, votre père, ces derniers temps, je veux dire, auriez-vous remarqué quelque chose d'anormal dans sa façon d'être ?

Laurent Harville fronça les sourcils. Il dévisageait Salarnier, étonné.

— On nous a dit qu'il avait été agressé par des voyous, alors je ne vois pas ce que…

— Écoutez, soupira Salarnier, on l'a retrouvé dans un chantier, près de Bercy, et…

Salarnier tourna la tête en direction de la pièce voisine, dans laquelle Mme Harville conversait au téléphone avec son beau-frère. Le jeune homme comprit aussitôt.

— Allons dans le bureau de mon père, proposa-t-il.

Salarnier l'y suivit. Il examina les rayonnages de la bibliothèque, les traités d'anatomie, toute cette littérature macabre dont Harville s'était imbibé pour mener à bien sa tâche.

— Voilà, dit-il, ce n'est pas très agréable à dire, on n'a pas poignardé votre père. On lui a tranché la tête.

Salarnier s'interrompit quelques secondes pour laisser au jeune homme le temps de digérer la nouvelle. Laurent avait blêmi. Il s'assit dans un fauteuil.

— Alors, vous comprenez, reprit Salarnier, du coup, ça ne ressemble en rien à un petit crime crapuleux. Par les temps qui courent, on assassine froidement pour quelques billets de cent francs, je veux bien l'admettre, mais décapiter quelqu'un... D'ailleurs, votre père n'a pas été détroussé, on a retrouvé son portefeuille, intact, dans la poche de son pardessus.

— Son portefeuille, vous en êtes certain? s'étonna Laurent. C'est plutôt bizarre, il l'avait perdu jeudi. En rentrant jeudi soir, il s'est rendu compte qu'il ne l'avait plus. Il a téléphoné à l'Institut, pour vérifier qu'il ne l'avait pas oublié là-bas, mais non. Il était furieux. Tous ses papiers... enfin, maintenant...

Salarnier se gratta la tête. Harville avait dû remettre la main sur ses papiers dans la journée de vendredi. C'était un détail sans importance, sans doute.

— À présent, reprit Salarnier, vous comprenez ma question de tout à l'heure. Il y a de quoi être étonné.

— Oui, évidemment, murmura Laurent, mais je n'ai rien à vous dire. Vraiment je ne vois pas. Ces derniers temps, il était tout à fait « normal ». Il ne pensait qu'à une chose, ses prochaines vacances en Afrique. Il voulait partir faire un safari-photo au Kenya...

Depuis un moment, Salarnier lorgnait vers un agenda posé sur le bureau.

— Je peux ? demanda-t-il.

— Je vous en prie…

— Dites-moi, parmi les gens que connaissait votre père, reprit Salarnier en empochant le carnet, quelqu'un habite-t-il les environs de Bercy, quelqu'un à qui il aurait pu rendre visite ?

— Non, je ne vois personne, répondit Laurent après un temps de réflexion.

— Bien, nous allons en rester là pour aujourd'hui. Ah, au fait, les formalités, à la Morgue, vous savez, on va demander à un membre de la famille de venir reconnaître le corps. Arrangez-vous pour éviter ça à votre mère, hein ?

Le jeune homme hocha la tête et serra la main que lui tendait le commissaire.

Salarnier marcha quelques minutes en faisant le tour du pâté de maisons. Les Harville habitaient près de Beaubourg, rue de Turbigo. Il observa les cracheurs de feu, sur le parvis du Centre Pompidou. Il avait toujours eu envie d'essayer. Prendre une gorgée d'essence en bouche, et la cracher, cracher le feu, pour tout dire. Il n'avait jamais osé, bien sûr. Mais il avait bien failli, une fois, chez des amis. Il y avait un barbecue qu'on alluma avec un bidon d'alcool. Et Salarnier tint un discours argumenté sur la technique des bateleurs, la position de la langue au moment du jet, l'instant précis où l'on doit brandir la torche enflammée devant la bouche...

— Ne fais pas le con, Salarnier! avait dit Martine.

Et Salarnier s'était abstenu de toute tentative périlleuse... Martine. Elle l'appelait toujours Salarnier, jamais Philippe. Comme lui, elle tenait ce prénom en horreur.

Martine... il était temps d'aller chercher les analyses, à présent. Il retrouva sa voiture rue des Archives. L'enveloppe contenant l'ordonnance était là, dans la boîte à gants. Salarnier démarra et se dirigea vers Notre-Dame.

À l'Hôtel-Dieu, les visiteurs étaient nombreux. Quelques malades, drapés dans des robes de chambre aux couleurs criardes, déambulaient dans les couloirs. Il y avait des brassées de fleurs, des boîtes de bonbons, des cris d'enfants. Salarnier n'apportait pas de fleurs, ni de bonbons, juste son enveloppe. Au laboratoire d'analyses, l'infirmière de service l'accueillit avec un bâillement indécent.

— On est samedi, monsieur, dit-elle, il faut revenir lundi, on aurait dû vous prévenir...

— Je sais, je viens de la part du docteur Lafont, il est au courant, c'était convenu entre nous...

L'infirmière soupira et saisit l'enveloppe que Salarnier lui tendait. Elle fouilla dans un casier, en tira un carton. Les résultats de la prise de sang.

Un mot de Lafont était épinglé sur le bristol. Salarnier lut. « Tout est OK, vieux, on recommence lundi, venez me voir tous les deux à 10 heures. Patrick. »

Salarnier soupira. Il ne jeta qu'un coup d'œil distrait aux résultats eux-mêmes. Leucocytes, lymphocytes, NFS, tout cela ne valait pas la peine. Seuls comptaient les mots griffonnés par Patrick.

Patrick était là, le jour où Salarnier avait voulu briller en démontrant ses talents de cracheur de feu. Il s'était vrillé la tempe de l'index en lançant un clin d'œil à Martine. Salarnier avait connu Patrick Lafont sur les bancs du lycée. En seconde, déjà, il voulait être chirurgien. Salarnier, lui, ne voulait rien. Il était devenu flic.

Lundi donc, à 10 heures, Patrick serait là, souriant, rassurant. Il examinerait Martine, et la ronde des gélules recommencerait. Rouges, bleues, jaunes… elles portaient des noms étranges dont il ne fallait pas chercher à percer le mystère. Oncovin, Fluoro-Uracile, Endoxan…

La première fois, Martine avait contemplé cet assortiment de comprimés multicolores puis les larmes étaient venues. Patrick avait expliqué que la chimio était bien moins contraignante que les séances de radiothérapie.

— Tu restes chez toi, tranquille, avait-il dit, et tu regardes des westerns au magnétoscope…

C'était un argument comme un autre, aussi

stupide que les autres. De toute façon, les arguments…

Mais Patrick avait téléphoné à Salarnier, dès le lendemain. Ils s'étaient retrouvés le midi, dans un restaurant, près de Notre-Dame.

— Voilà, dit-il, je n'ai pas voulu affoler Martine, mais, la chimio, ça entraîne des effets secondaires…

Salarnier, ce jour-là, écouta calmement la liste des effets dits « secondaires ». Les nausées, les vomissements, les diarrhées, jusqu'à l'éventuelle polynévrite. Et les cheveux. Les cheveux qui allaient tomber.

— C'est le plus spectaculaire, avait dit Patrick, ça se voit, pour une femme, surtout. Mais il faut dépasser ça, c'est une question de temps.

Et, depuis le mois d'avril, Salarnier essayait de convaincre sa femme qu'il fallait « dépasser ça ». En sortant de l'Hôtel-Dieu, il se rendit au Quai. Rital s'était mis en quatre pour abattre le boulot de routine : recueillir le récit détaillé des témoins, tenter de reconstituer l'emploi du temps de Harville durant la journée de vendredi…

6

L'enterrement de Robert Harville eut lieu le lundi après-midi. Salarnier s'y rendit en compagnie de Rital. La famille possédait une maison de campagne dans l'Eure, près de Maniville. Un caveau abritant les restes des Harville depuis trois générations attendait ceux de l'avant-dernier porteur du nom…

À l'église, durant le sermon du curé, Salarnier ferma les yeux. La visite du matin, à l'Hôtel-Dieu, s'était relativement bien passée. Tous les mois, pendant une semaine, Martine faisait une cure de chimiothérapie. Depuis avril : Patrick l'avait lui-même opérée fin mars. Et, ce matin, donc, le bilan semblait rassurant. Patrick avait examiné le sein, tout évoluait au mieux. Mais, en rentrant à Gentilly, Martine avait pleuré. Face à la grande glace de l'entrée, elle fit glisser sa perruque. Quelques touffes de cheveux subsistaient encore, par plaques. Salarnier la prit dans ses bras et l'embrassa longuement.

À la fin de l'office, les employés municipaux portèrent le cercueil dans le petit cimetière. Les amis et la famille défilèrent devant le tombeau ouvert en agitant un goupillon qu'un enfant de chœur leur tendait. Salarnier sacrifia lui aussi au rite. Quand tout fut terminé, Dudrand, le collègue du médecin assassiné, s'approcha du commissaire.

— Alors, demanda celui-ci à voix basse, je sais bien que ce n'est guère le moment, mais… vous avez une idée, pour l'arme ?

— Je crois que oui… répondit Dudrand en prenant le bras de Salarnier. La plaie est absolument nette, on a frappé une seule fois, avec un instrument extrêmement tranchant. Je ne pencherais pas pour un sabre ni pour une hache…

Salarnier ne connaissait pas Dudrand. On l'avait néanmoins averti qu'il s'agissait d'un bavard adorant préparer ses petits effets, et qu'il fallait ménager, car il se froissait vite.

— Ni une hache ni un sabre, alors quoi ?

— Ni une hache ni un sabre, reprit Dudrand. Voyez-vous, avec un sabre, on coupe droit, à l'horizontale. J'ai eu le cas, il y a deux ans, une bagarre d'étudiants asiatiques à la Cité Universitaire. La décapitation par le sabre, aussi bien faite, exige une technique très sûre de la part de l'exécuteur. Vous avez entendu parler de Mishima ? L'écrivain japonais ? Sa mort a été épouvantable : le disciple qu'il avait choisi pour le mettre à mort par le sabre, trop ému, n'a pu mener à bien sa tâche. Il a frappé à deux reprises dans l'épaule. Et il a fallu qu'un second disciple prenne le relais... Horrible, n'est-ce pas ?

— Et dans le cas qui nous occupe ? demanda Salarnier, irrité.

— J'y viens, mon cher, j'y viens, rétorqua Dudrand, légèrement condescendant ; donc, dans mon affaire d'étudiant asiatique, nous avions en face de nous un grand maître. Savez-vous que, parmi les arts martiaux, il existe une discipline qui n'étudie que l'art de dégainer le sabre. De dégainer et u-ni-que-ment de dégainer, vous rendez-vous compte ? Cela s'appelle le iaï-dô. Enfin, bref, décapiter quelqu'un au sabre, d'un seul coup, croyez-moi, ce n'est pas de la roupie de sansonnet. Mais c'est pour une autre raison que j'écarte l'idée du sabre, et je vous dirai laquelle. Quant à la hache, alors là, non, absolument pas. L'objet qui a tranché la tête de notre ami Harville était très fin, très effilé, beaucoup plus que ne peut l'être la plus fine des haches, qui peut certes trancher efficacement, mais toujours en provoquant un certain écrasement des berges de la plaie, vous me suivez ?

— Alors ? soupira Salarnier, résigné.

— Exit la hache, et exit le sabre : j'ai retrouvé sur le cou des particules de rouille.

— Je ne vois pas ce qui permet... risqua Salarnier.

— D'écarter à cause de cela l'hypothèse du sabre ? coupa Dudrand. Eh bien mon cher, disons simplement que le genre de personnage capable de décapiter ainsi ses contemporains vénère son arme et ne la laisse pas rouiller.

Salarnier ferma les yeux, un bref instant. Dudrand quittait allégrement son domaine de compétence ; la psychologie du détenteur d'armes blanches n'était à priori pas son rayon, mais Salarnier se tut : en l'occurrence, Dudrand ne racontait pas de bêtises.

— Le problème est donc le suivant, reprit le médecin. Voilà un objet tranchant, effilé, mais qui contient certaines particules de rouille… le bord de la lame est intact, mais les flancs sont oxydés. Conclusion, il s'agit d'un objet relativement large.

Salarnier imaginait déjà d'infernales rapières, des hallebardes sanguinolentes, des cimeterres menaçants, toute une quincaillerie de grand-guignol, qui n'en finissait plus de cliqueter…

— L'expérience me conduit à dire que nous n'avons qu'une seule solution, poursuivit Dudrand.

— Laquelle ? s'écria vivement Salarnier.

— La faux, mon cher, on a tranché la tête de Harville à coup de faux…

— Vous… vous êtes certain de…, bégaya Salarnier.

— Je ne m'avancerais pas sans de solides

arguments! Je pourrais vous montrer un compte rendu d'expertise pratiquée il y a une dizaine d'années par un confrère bordelais. Une querelle de famille chez des paysans particulièrement primitifs... L'un d'eux a tué son frère à coups de faux. Le descriptif des blessures est strictement identique à ce que j'ai pu relever sur le cadavre de ce pauvre Harville. Au sabre, voyez-vous, on coupe à l'horizontale... prenez une faux en main et imitez le geste du faucheur rasant un pré. Vous effectuerez des mouvements légèrement circulaires, et dont la trajectoire suit le sens du bas en haut; or les vertèbres cervicales de mon infortuné collègue...

— Je lirai tout cela... lança Salarnier. Une faux! Bon Dieu, une faux, vous vous rendez compte, en plein Paris?!

Il siffla entre ses dents. Un dingue s'était baladé dans les rues avec une faux, pour assassiner un médecin légiste.

De retour à Paris, Salarnier se rendit au BHV en compagnie de Rital. Ils descendirent au sous-sol et demandèrent une faux au rayon jardinage. Le vendeur, interloqué, leur montra toute une gamme de tondeuses mécaniques. De faux, il n'en avait pas vendu depuis des lunes!

— C'est peut-être pas si important? risqua Rital.

— Non, évidemment, admit le commissaire,

je voulais simplement me rendre compte, mieux voir le geste, tu comprends ? Harville était à genoux, et le dingue a brandi son outil… Il faut vraiment en vouloir à quelqu'un pour le tuer comme ça, non ?

— Non, dit Rital, il faut simplement être dingue. Ou alors…

— Ou alors ?

— Ou alors, se prendre pour la Mort !

— La mort ?

— La Mort, avec un M majuscule, le personnage de la Mort, quoi, le squelette enveloppé d'une cape noire… Ce qui m'étonne, moi, c'est qu'il a bien fallu que Harville accepte de se faire liquider…

— Et pourquoi donc ?

Ils parlaient en dédaignant totalement le vendeur, qui restait planté là, les bras ballants, à les regarder, atterré.

— Même si j'étais à genoux, dans la boue, reprit Rital, devant un type armé d'une faux, je tendrais les bras en avant, pour me protéger, par pur réflexe. Non ?

— Le coup a été porté de l'arrière, expliqua Salarnier, c'est dans le rapport d'autopsie, Harville n'a rien vu venir…

Ils rentrèrent au Quai. Salarnier éplucha l'agenda que Laurent Harville lui avait confié. Il n'y trouva rien d'exceptionnel. Une cinquantaine d'adresses figuraient dans le répertoire, rigoureusement classées par ordre alphabétique : collègues, parents, amis. Salarnier ne savait par quel bout s'y prendre. Il chargea un inspecteur de fouiller dans le compte en banque du médecin, et en envoya un autre interviewer le petit personnel de la Morgue, à tout hasard. En début de soirée, Rital débarqua dans le bureau, un petit sourire aux lèvres.

— Qu'est-ce qui te fait marrer ? demanda Salarnier, Jaruzelsky est mort ?

Rital brandissait deux feuillets qu'il tendit au commissaire.

— Ce n'est sans doute pas bien important, dit-il, j'ai regardé la liste des meurtres ou accidents inexpliqués, avec décapitation, pour ces derniers mois : j'en ai trouvé deux, un qui relève de notre compétence, l'autre de celle des gendarmes.

Salarnier prit connaissance des documents. Le premier relatait la mort d'un homme d'une cinquantaine d'années, non identifié. Les gendarmes de la Brigade Fluviale avaient repêché son cadavre, sans tête, dans la Marne, début septembre. Ils s'étaient contentés de classer dans la rubrique « accidents » en mettant le fait en parallèle avec la découverte d'un zodiac éventré, échoué sur un déversoir. Conclusion : Monsieur X se baladait sur la rivière, il est tombé de son canot, l'hélice lui a cisaillé le cou. L'état du corps, fortement putréfié, n'avait autorisé aucune expertise digne de ce nom.

— Après quelques jours dans la flotte, expliqua Rital, les chairs pourrissent, les rats viennent au casse-croûte, et il devient impossible de savoir ce qui a bien pu couper la tête : une hélice ? une hache ? une faux ?

Le second rapport concernait un cadavre découvert en forêt de Sénart sous un tas de feuilles mortes à la mi-octobre. Comme dans le premier cas, la date tardive de l'autopsie interdisait la formulation d'hypothèses sérieuses quant à la nature de l'arme ayant servi à la décapitation.

— Le premier en septembre, récapitula Rital, le second en octobre, et nous voilà en novembre avec Harville sur les bras... ça vaut le coup de voir, non ?

Salarnier acquiesça. On ne détenait aucun élément concernant l'identité des deux décapités. Cela n'était guère surprenant. Chaque année, en France, des dizaines de personnes disparaissent sans que jamais on retrouve leur trace.

Époux las des scènes de ménage, qui s'évanouissent dans la nature après être sortis acheter un paquet de cigarettes, enfants qui ne rentrent pas chez Papa-Maman un beau jour, après la classe, jeunes femmes qui, brusquement, abandonnent leur chambre de bonne en laissant toutes leurs affaires, y compris le canari qui meurt de faim dans sa cage, l'échantillonnage des disparitions inexpliquées est très large.

Le mystère alimente l'imagination fantasque et

vagabonde des sectes de toutes sortes : après la vogue de la « traite des Blanches », un autre folklore se fait jour : les extra-terrestres ! Les Martiens à poil bleu, munis de douze paires de tentacules visqueux à souhait, prélèveraient quelques spécimens d'humanité afin d'en étudier le comportement, avant d'envahir massivement notre planète...

Salarnier savait qu'il suffit d'ouvrir le journal pour y lire des annonces promettant une récompense substantielle à qui pourra fournir des renseignements concernant le petit X, cheveux blonds, quatorze ans, tache de vin sur la joue droite, ou à propos de Madame Y, la soixantaine, fort accent alsacien, vêtue d'un manteau vert, disparue de son domicile la veille du quinze août...

— Oui, dit Salarnier, ça vaut le coup d'essayer. Demain, tu sors les deux dossiers et on essaiera de comparer avec les listes de disparus. S'il y a un lien avec Harville...

Salarnier ne termina pas sa phrase. Rital hocha la tête.

— Et s'il n'y a pas de lien, dit-il, si c'est un dingue qui choisit au pif ?

Salarnier haussa les épaules, se leva, mit son blouson, et quitta le Quai quelques minutes plus tard. Il fila chez Fauchon acheter du saumon, une langouste, un vin fin. Lundi 18 novembre : l'anniversaire de son mariage avec Martine. Le treizième : était-ce un présage ?

7

Hadès, apaisé, était étendu auprès de Lola. D'une main encore fiévreuse, il caressait les seins de la jeune femme. Les yeux mi-clos, elle s'abandonnait, nue, sur le grand lit rond garni de draps de satin blanc. À voix basse, Hadès déclamait un poème, parmi ceux qu'avait toujours aimés Lola…

D'où vous vient, disiez-vous, cette tristesse étrange
Montant comme la mer sur le roc noir et nu ?
Quand notre cœur a fait une fois sa vendange,
Vivre est un mal. C'est un secret de tous connu,

Une douleur très simple et non mystérieuse,
Et comme votre joie, éclatante pour tous.
Cessez donc de chercher, ô belle curieuse !
Et, bien que votre voix soit douce, taisez-vous !

Et Hadès déclamait d'une voix douce, le visage à demi enfoui dans l'épaisse chevelure de Lola…

... laissez, laissez mon cœur s'enivrer d'un men-
  songe,
Plonger dans vos beaux yeux comme dans un
  beau songe
Et sommeiller longtemps à l'ombre de vos cils.

Hadès soupira profondément, et répéta, «et sommeiller longtemps à l'ombre de vos cils!» Il se redressa, s'assit au bord du lit. Mutine, Lola lui souriait. Discrètement, elle glissa un regard vers la pendule à quartz qui reposait sur la moquette.

— Vous allez être en retard... murmura-t-elle.

— Comment le savez-vous?... Ah, vous êtes bien impatiente de me voir partir...

Lola ne répondit pas et se tourna, en s'enroulant dans les draps. Hadès tendit la main vers les boucles noires, les effleura, et sa main descendit le long de l'épaule, puis du dos.

Il allait partir, oui, une fois de plus, quitter Lola. Il y avait là quelque chose d'inéluctable contre quoi il eût été inconvenant de s'insurger.

Il se leva et disparut dans la salle de bains. Le miroir lui restitua l'image flétrie de son visage fatigué. Hadès était las. Hadès... Il rit avec amertume. L'heure était venue de gagner les rives du Styx et du Léthé. De se poster à l'entrée du royaume des morts, de reprendre la faction. Hadès riait de son malheur. Dans la chambre, Lola fredonnait un air à la mode. Elle avait passé une combinaison de soie noire et fumait nonchalamment. Hadès s'approcha d'elle, saisit sa main et déposa un baiser léger dans la paume ouverte. Il ouvrit ensuite la porte et s'en alla, sans se retourner.

Et, tandis que Salarnier devisait en compagnie de Dudrand, tandis que Dudrand pérorait à propos de la mort de Mishima, Hadès guettait. Ce fut un lundi morne, comme tous les lundis. Hadès ignorait pourquoi les lundis étaient si mornes.

Numéro 25 vint vers midi, suivi une heure plus tard de Numéro 40 auquel succéda Numéro 37.

Jusqu'à la fin de la journée, Hadès ne quitta pas son poste. Les yeux rivés à ses jumelles, il épia la rue, le square, le parking, la bijouterie. Puis quand la nuit vint, il éteignit le magnétoscope, se planta devant la galerie de portraits, de Numéro 2 à Numéro 52, et sourit, satisfait de l'ouvrage…

Après quoi, il se mit en route pour rentrer chez lui. Lola l'attendait au manoir. Sans doute avait-elle passé la journée à écouter le chant du vent dans les branches des arbres du parc… Comme tous les jours… Et Hadès savait parfaitement d'où venait cette tristesse étrange, montant comme la mer sur un roc noir et nu.

8

Le mardi 19, Salarnier examina les dossiers des deux décapités, en compagnie de Rital. La tâche était ardue : les rapports de la Brigade Fluviale ou du SRPJ étaient rédigés dans ce style économique, ultra-concis, presque pudique, qui vise à masquer l'échec momentané d'une enquête, la vacuité provisoire des conclusions proposées.

Le noyé de la Marne, sans sa tête, restait le plus mystérieux. À part un pantalon usé et ses chaussures, on n'avait rien retrouvé sur lui. Les gendarmes supputaient que des « chemineaux » avaient détroussé le cadavre, avant de le rejeter à l'eau…

— Cheminots, s'étonna Rital, pourquoi ils en veulent aux gars de la SNCF ?

Salarnier ne put réprimer un sourire.

— Gros malin, dit-il, chemineau, c'est un terme désuet pour désigner les vagabonds, les clodos…

Les rapports de la gendarmerie étaient souvent émaillés de perles de ce calibre, mais Salarnier n'était pas d'humeur à disserter à propos du vocabulaire employé par… la maréchaussée, qui ne circulait plus à cheval et dont on n'apercevait plus les bicornes, mais demeurait attachée à cette terminologie obsolète, quoique chargée de poésie… Chemineau, c'était empreint d'un petit air de liberté, d'amour du voyage, que restituait si mal le vocable réglementaire, durci par l'abréviation de S.D.F., sans domicile fixe…

— À quoi vous pensez? demanda Rital, en voyant Salarnier plongé dans ses rêveries.

— À rien… Alors, tu disais, tout ce qu'on sait de lui, c'est qu'il avait la cinquantaine, des mains d'intellectuel, des doigts de fumeur.

— Ouais, je lis le rapport : le médecin légiste a trouvé des brins de tabac sous les ongles. Les mains ne sont pas celles d'un ouvrier ou d'un paysan, ce sont des mains de pharmacien, de curé ou de bureaucrate, des mains qui ne maniaient jamais la pioche ou le marteau.

— Dis-moi, le bateau, il avait un moteur, et les moteurs, ça porte un numéro…

— Hé non, justement, le zodiac n'avait pas de moteur…

— Encore un coup de la SNCF, hein? railla Salarnier.

— Il n'y a qu'un élément, que les gendarmes ont eu la flemme d'exploiter : le type souffrait d'une malformation de la jambe gauche. Le tibia était légèrement plus court, probablement à la suite d'une opération consécutive à une fracture. On n'a qu'une chaussure, l'autre s'est perdue.

Salarnier réfléchissait à ce dernier élément, quand l'inspecteur qu'il avait chargé d'éplucher le compte en banque du docteur Harville frappa à la porte.

— Alors ? demanda Salarnier.

— Rien, tout est nickel, les honoraires, les traites de l'appartement, l'assurance-vie, tout est limpide. Harville était un homme d'ordre. Assez radin : jeudi, cependant, il a tiré deux mille francs avec sa carte bleue. Fait exceptionnel : l'argent de poche lui était d'ordinaire fourni par Mme Harville, inspectrice des impôts de son état, vous voyez le genre ?

— Parfaitement ! c'est tout ce que tu as trouvé ?

— Oui, et croyez-moi, j'ai tout ratissé…

— Bon, soupira Salarnier, reprenons, Rital… le second cadavre, celui de la forêt de Sénart ?

Rital ouvrit le dossier et feuilleta les pièces.

— On n'a pas grand-chose non plus… dit-il. Le type n'avait pas de maladie apparente. Ses dents étaient assez esquintées. Il portait des plombages, et un bridge, entre deux molaires. Vous voyez, c'est pas folichon…

— Non, reprit Salarnier, on ne peut pas dire, mais il faudra se contenter de ça ! Tu vois, dans les listes de disparus, un bridge, une malformation de la jambe gauche, hein ?

Rital acquiesça et quitta le bureau en maugréant.

Dès qu'il fut seul, Salarnier téléphona à Martine. Il dut attendre la quatrième sonnerie avant qu'elle ne décroche le combiné. Il lui proposa une sortie au cinéma, l'après-midi même.

— Et ton boulot ? s'étonna-t-elle.

— Rien à faire pour le moment, par contre, je rentrerai sans doute tard ce soir.

— Aucune importance, Isabelle m'a invitée au théâtre.

Isabelle était la femme de Patrick Lafont. Elle était parfaitement au courant, par son mari, de l'évolution du traitement que devait subir Martine, et lui proposait souvent de sortir en sa compagnie. Durant le mois d'août, Martine avait rejoint les Lafont dans leur maison de campagne du Lot. En juillet, Salarnier l'avait emmenée en Italie, visiter Florence, Rome.

— Où se retrouve-t-on ? demanda Martine.

Ils se donnèrent rendez-vous dans un café de la place Saint-Michel. Avant de raccrocher, Salarnier chuchota un je t'aime rapide. La maladie de Martine provoquait chez lui de brusques bouffées de tendresse, une tendresse maladroite, impatiente, une tendresse qui jouait contre la montre. Faute de mieux, il lui disait donc qu'il l'aimait.

Et son amour se réduisait alors à sa volonté de ne pas la voir disparaître. Il éprouvait, trente, cinquante fois par jour, le besoin de conjurer la mort par quelque formule incantatoire, répétitive à la manière d'une prière, et les mots d'amour galvaudés remplissaient ce rôle.

À d'autres moments, Salarnier ressentait une colère sourde, égoïste, tout aussi irraisonnée, envers Martine, comme si elle avait voulu, par la menace de sa disparition prochaine, le punir d'une faute qu'il se reprochait, lors de ses nuits d'insomnie, d'avoir commise. Et il ne savait pas laquelle…

Parfois encore, et c'était un sentiment voisin, Salarnier éprouvait une violente répulsion physique envers sa femme, envers la saloperie qui avait planté ses crocs infects dans le sein de Martine et menaçait de tout gangrener. Il ne supportait pas alors de la voir ranger méticuleusement ses gélules multicolores avant de les avaler lentement, une à une, avec un petit mouvement en arrière de la tête.

En quittant le cinéma, Salarnier appela un taxi, et Martine y monta. Il resta sur le trottoir, près de la Fontaine Saint-Michel, à agiter la main en regardant la voiture s'éloigner. Du plat de la paume, il écrasa une larme qui perlait à sa paupière.

Patrick lui avait parlé très franchement : pour le moment, il n'y avait pas à craindre de métastases. Par contre, une anémie, et des complications infectieuses, ça oui, avait dit Patrick, « c'est classique ».

Et il avait ajouté que tout dépendait de ce qui se passait dans la tête de Martine. Elle était au milieu du fleuve : vers quelle berge était-elle décidée à nager ?

Un fleuve, songea Salarnier... oui, c'était cela, Martine était perdue dans la brume d'un marécage, et ne savait plus regagner la berge de la vie.

Il frissonna et se mit en route d'un pas rapide en se dirigeant vers le Quai. Il était plus de 18 heures quand il regagna son bureau. Du côté de la morgue, il n'y avait rien de neuf. Les employés n'avaient rien à dire à propos de Harville. Un monsieur affable, qui n'élevait jamais la voix. Il ne s'était jamais engueulé avec quiconque dans le cadre du travail. Bien entendu, l'inspecteur responsable de l'enquête sur place avait pu collecter quelques ragots concernant la profession de médecin légiste : les prolétaires de la mort étaient d'avis qu'il faut être un peu ravagé du ciboulot pour choisir une spécialité pareille. À moins qu'il ne s'agisse d'une vocation, auquel cas, c'est encore plus suspect...

— C'est tout, demanda Salarnier, t'as rien récolté d'autre ?

— Désolé, dit l'inspecteur, j'ai fouillé son bureau, il n'y avait que des bouquins de médecine, sauf ça...

Il montra au commissaire une revue pornographique sur la couverture de laquelle une créature rousse dévoilait des seins opulents...

— Ouais… dit Salarnier, il faut bien se détendre de temps en temps.

Dans le bureau voisin, il découvrit Rital attablé devant une abondante paperasse. Des piles de feuillets jaunis jonchaient le parquet.

— C'est pas encore informatisé, tout ça? dit Salarnier.

— Oh, c'est en cours, répondit Rital, mais de toute façon, je sais pas me servir de la machine… Bon, j'ai retenu une vingtaine de candidats.

— Pour chacun des deux décapités?

— Hé! Parlez pas de malheur, vingt en tout…

Salarnier tomba la veste et aida son adjoint à ramasser les feuillets épars. Ils remirent en ordre tous les dossiers et en conservèrent une pile.

Salarnier les compulsa rapidement. Il découvrit des portraits de braves gens, des pères de famille moustachus et replets, auxquels on aurait donné le bon Dieu sans confession et qui, un jour, s'étaient pourtant volatilisés sans que quiconque, depuis, puisse obtenir le moindre renseignement les concernant…

— Ceux-là, expliqua Rital en désignant un paquet de chemises marquées d'un trait rouge, ce sont ceux qui collent à peu près pour l'âge, et qui ont disparu dans l'année, sur Paris ou les départements limitrophes…

— Pourquoi t'as limité comme ça?

— Parce que sinon, on n'en finit plus : je peux remonter dix ans en arrière, si ça vous fait plaisir… quand je saurai me servir de l'ordinateur !

— Alors, tu as des boiteux, là-dedans ?

— Deux : les voilà…

Salarnier s'empara des chemises que lui tendait Rital. 2031/PORTENOY Jean-Louis, et 2012/VOIVEL René.

Portenoy était ostréiculteur. Il était venu en voyage à Paris, chez un de ses cousins, pour le persuader de s'associer à lui, afin d'agrandir son entreprise en aménageant de nouveaux parcs.

Il avait brusquement disparu au mois d'août, le 26. Un lundi… après un repas chez le cousin, Portenoy était parti se promener dans Paris. Le cousin habitait boulevard des Filles-du-Calvaire. Et, depuis le 26/8, Portenoy n'était réapparu ni à son domicile, à Oléron, ni chez son cousin. Son compte bancaire n'avait pas été débité. Les hôpitaux que la famille avait visités ne conservaient aucune trace d'une quelconque admission d'un dénommé Portenoy. L'épouse de l'ostréiculteur avait ensuite sillonné les institutions psychiatriques de France et de Navarre, en laissant une photo de son mari à chacune de ses étapes. Sans résultat jusqu'à ce jour. Portenoy était atteint d'une malformation du genou qui le faisait boiter.

René Voivel était commerçant. Il gérait une petite entreprise de marbrerie funéraire, à Thiais. Il était porté disparu depuis le 2 octobre. Un mardi. Le matin, il était allé à la banque régler ses affaires courantes, et l'après-midi, il avait annoncé à ses enfants qu'il partait faire un tour. Depuis cette date, on n'avait aucune nouvelle de lui. Comme dans le cas précédent, des recherches avaient été effectuées auprès des hôpitaux, sans aboutir. Le dossier indiquait que René Voivel était atteint de boiterie à la suite d'un accident de voiture. Le plateau tibial était raccourci sur un centimètre.

— On dirait que ça colle, pour l'un et pour l'autre… murmura Salarnier. Il va falloir prendre contact avec la famille. Tu vas te charger de ça. Moi, je vais appeler à leur domicile…

— Ce soir ?

— Non, c'est déjà assez sinistre comme ça. On va pas débarquer chez ces gens la nuit pour remuer le couteau dans la plaie, alors qu'on n'est pas sûrs du coup. Ça se fait pas, des trucs pareils…

Salarnier se passa la main sur le visage, bâilla et posa sur le bureau les photos de Voivel et de Portenoy. Deux pères tranquilles, apparemment. Portenoy était âgé d'une cinquantaine d'années, ses tempes grisonnaient. Voivel avait un visage plus joufflu, un teint sanguin.

— Des gens sans histoire… dit Rital.

— Sans histoires, ou sans histoire, murmura Salarnier, avec un S ou sans S. Qu'est-ce que c'est l'histoire de la vie d'un ostréiculteur, celle de la vie d'un marbrier...

Rital fronça les sourcils. Salarnier rangeait les photos.

— Et pour l'autre, le cadavre de la forêt de Sénart ?

— C'est plus compliqué, répondit Rital. En cas de disparition, les familles signalent automatiquement une anomalie apparente, je sais pas, moi, des cornes sur le front, une troisième jambe, un œil derrière la tête, mais ils pensent rarement à mentionner les soins dentaires, les prothèses, les bridges, les couronnes. Faut les comprendre : quand on en est à se soucier de ce genre de détail, c'est que ça sent le roussi !

— Alors, qu'est-ce que tu proposes ?

— Rien. En principe, il faudrait prendre contact avec les vingt familles et leur demander si leur disparu portait un bridge entre deux molaires, à gauche ?

Salarnier hocha la tête. Oui, en principe, il fallait faire ça. Rouvrir de vieilles plaies, et ensuite dire aux gens : excusez-nous, c'était une erreur, ou pire : ne vous tracassez plus, votre disparu, on l'a retrouvé : il est mort...

— Fais voir la liste, avec les vingt noms.

Salarnier lut la liste dactylographiée d'une main malhabile. Dargaud Antoine, épicier à Montrouge, disparu le 8/9, Alphonsy Julien, employé SNCF, disparu le 5/8, Pluvinage Robert, bijoutier, disparu le 14/7, Balembert Paul, disparu le 2/10, instituteur, Hrouda Patrick, sans profession, disparu le 18/6, Fadat Michel, pasteur (!) disparu le 30/4, Mesclin Jean-Louis, fonctionnaire à la Ville de Paris, disparu le 4/9…

— Bien, conclut Salarnier, demain, il fera jour, on a toutes les chances de bousiller le petit espoir d'une Mme Dargaud, ou d'une Mme Balembert pour lui annoncer la mort de son mari…

— Hé hé, ricana Rital, une dame, une dame, c'est vite dit, il y a peut-être des pédés, là-dedans !

— Qu'est-ce que ça change, Rital ?

— Bah, ça change que…

Rital avait rougi. Il se mit à tripoter nerveusement la petite croix qu'il portait autour du cou.

— T'es un drôle de catholique, toi Rital, dit Salarnier, tu gobes les discours du Pape, mais tu aimes bien farfouiller dans les recoins cradingues… Moi, au moins, je crois en rien.

Ils se séparèrent sur ces mots. Rital était vexé. Salarnier s'en voulut d'avoir pris un plaisir certain à coincer l'inspecteur, à lui mettre le nez dans la fange de ses petits travers.

9

Il neigeait sur le manoir. Hadès s'était éveillé très tôt, ce mercredi. Le parc était entièrement couvert d'un tapis blanc. Hadès s'habilla chaudement, émietta du pain rassis dans un plat ébréché, y ajouta quelques cuillerées de saindoux, et, chaussé de ses bottes fourrées, fit la tournée des abris qu'il avait aménagés pour les oiseaux. Devant chacun des arbres où les nids artificiels — un rondin évidé — étaient installés, il déposa un peu de sa mixture. Puis il prit du recul. Au bout de quelques minutes, les têtes minuscules des oiseaux transis apparurent. Ils picorèrent la manne distribuée par Hadès. Satisfait, il regagna le manoir.

Le bâtiment était composé de deux ailes disposées en T. Hadès n'occupait que la partie correspondant à la barre verticale. Il avait abandonné le reste depuis trois ans. La toiture de cette aile s'en allait à vau-l'eau, et les murs, couverts de profondes lézardes, menaçaient de s'effondrer en maints endroits. Hadès n'en avait cure. La maison mourait, mais Lola avait retrouvé sa jeunesse. Qu'importaient les fissures dans cette vieille bâtisse, ridée par le temps, fatiguée, après tant d'années, d'abriter des amours misérables ? Lola avait retrouvé sa jeunesse.

Hadès vint la voir, dans sa chambre. Elle dormait d'un sommeil paisible. Hadès sourit. À voix basse, il dit :

— Il neige… Tout est blanc, au-dehors. Il fait froid. Je m'en vais, pense à moi. Tu penseras à moi ?

Il ferma la porte de la chambre de Lola, doucement. La neige scintillait sous les rayons du soleil. Hadès sortit sa moto de la remise. Il vérifia le niveau d'huile, la tension de la chaîne, actionna le kick et fit tourner le moteur. Puis il pénétra dans la grande salle du manoir, revêtit sa combinaison imperméable, et, comme tous les jours, contrôla la bonne marche du groupe électrogène, prêt à suppléer l'EDF en cas de coupure de courant. La machine était installée dans la remise. Hadès, inquiet, scruta les nuages. L'année passée, toute la région avait été privée d'électricité durant deux jours, au mois de février. Il observa un instant le clignotement du mouchard électronique qui guettait l'éventuelle défaillance du réseau public.

Puis il enfourcha sa moto, coiffa le casque et se mit en route. Le chemin menant au portail était gelé. Sous la croûte de neige cassante, une pellicule glacée recouvrait la terre et les graviers. Hadès posa les pieds au sol pour ne pas glisser. Mais les services de la voirie avaient sablé la nationale, et il put rouler normalement jusqu'à Paris.

Il prit sa faction, comme tous les jours, tapi dans le studio, en face de l'entrée du square. Rien ne se passerait, aujourd'hui. Les visites seraient sans danger. Hadès en avait l'intuition. Il ne s'était jamais trompé, ou presque, dans ses prévisions. Comme si un quelconque génie, jailli d'une mystérieuse lampe, l'assistait dans sa tâche. Un génie ? L'idée le fit ricaner.

10

Salarnier ouvrit un œil et regarda le carreau couvert de givre. La glace encroûtée sur la vitre y dessinait d'étranges figures. Un moineau transi picorait d'improbables miettes de pain sur le balcon. Il était près de dix heures. Salarnier s'étira en grognant. Auprès de lui, Martine dormait. Salarnier tendit la main vers elle, sous les draps, et caressa ses hanches tièdes.

Puis il se leva, quitta la chambre, pénétra dans la cuisine, ouvrit la fenêtre et jeta une demi-biscotte écrasée au moineau qui titubait dans la neige, sur la corniche des gouttières.

Martine ne semblait pas décidée à se lever. Salarnier prit seul son petit déjeuner, fit sa toilette sans bruit, et sortit tout aussi silencieusement.

Rital l'attendait au Quai. Il s'était occupé de récupérer la chaussure que l'on avait retrouvée sur le corps repêché dans la Marne. Elle était enveloppée d'un sachet de plastique agrafé portant une étiquette : celle de l'Institut médico-légal.

— À qui la corvée ? demanda l'inspecteur.

Il désignait le téléphone. Salarnier ne répondit pas immédiatement. Il ouvrit le sachet contenant la chaussure et regarda à l'intérieur de celle-ci. Le nom de l'appareilleur qui avait installé la talonnette était inscrit sur une petite languette de tissu. « Ravier-Grésard. Orthopédie. »

— Avant de contacter les familles, on va essayer là... dit Salarnier, trouve-moi le numéro.

Rital partit à la recherche d'un bottin. Trois minutes plus tard, il dictait les huit chiffres au commissaire. Salarnier attendit la fin de la sonnerie, se présenta et demanda à parler à un responsable des établissements Ravier-Grésard.

Après un quart d'heure d'attente, il obtint la confirmation de l'identité du cadavre découvert dans la Marne, au mois de septembre. Il s'agissait bien de René Voivel. Les établissements Ravier-Grésard avaient livré les chaussures au mois de juin.

— Bon, on va à Thiais, voir la famille... dit Salarnier.

— Regardez, c'est là, il y a une inscription...

Salarnier tourna la tête. Rital désignait un magasin d'articles funéraires près de l'entrée du cimetière de Thiais, *Voivel et Fils Marbres et Décorations*. Ils descendirent de voiture et s'approchèrent. Le magasin se composait d'un grand hall où étaient exposés des plaques tombales gravées et divers bibelots destinés à orner les sépultures...

Un employé s'avança au-devant de Salarnier. Croyant avoir affaire à un client potentiel, il arborait une mine grave, propre à plonger un clown dans la neurasthénie. Rital sortit sa carte barrée de tricolore. Le visage du type s'assombrit encore.

— Nous voudrions voir un membre de la famille Voivel... dit Salarnier.

L'employé les guida jusqu'à un bureau où une secrétaire revêche tapait à la machine. Un homme d'une trentaine d'années, adipeux et tabagique à en juger par la couleur de ses doigts, étudiait un catalogue, près d'elle.

Salarnier serra à contrecœur la main du fils Voivel. Celui-ci demanda à la secrétaire de les laisser seuls.

— Monsieur Voivel, dit Salarnier, je suis venu vous annoncer que nous avons retrouvé votre père. Malheureusement...

— Il est mort...

— Oui, pardonnez ma brutalité, mais je ne peux rien vous dire d'autre... Sa mort, selon toute vraisemblance, a été plutôt violente. Il a été assassiné.

Le fils Voivel se tassa sur sa chaise. Il ferma

les yeux et ses mains tremblèrent. Puis il se maîtrisa, alluma une cigarette.

— Au moins, nous savons… balbutia-t-il. Ne pas savoir, voyez-vous, c'est ça, le plus terrible, attendre, toujours attendre, on imagine chaque jour des choses, oh, de plus en plus horribles… Il a beaucoup souffert ? Comment ça s'est-il passé ? Et l'assassin, tenez-vous l'assassin ?

Salarnier réprima une grimace de dégoût. Le fils Voivel était répugnant. Assis au milieu de ses crucifix, il parlait de la mort de son père comme s'il s'agissait d'un fait divers glané dans le journal du matin.

— Non, dit Salarnier, pour le moment, nous ne savons pas grand-chose. Vous allez recevoir la visite d'inspecteurs, dans la journée. Des vérifications de routine. Ce sera sans doute désagréable, mais nous avons besoin de votre aide.

— Je comprends, je comprends tout à fait ! s'écria le fils Voivel.

— Dans ce cas…

Salarnier tourna les talons et quitta le magasin. Il remonta dans sa voiture. Rital s'était déjà installé au volant.

— Dégueulasse, soupira Salarnier. Je vois ça d'ici, le fiston attendait l'héritage, et, sans cadavre, pas de fric ! Tu prieras pour lui, Rital, hein ? C'est ça, tu prieras pour lui… il en a besoin. Tu vas envoyer deux gars jeter un coup d'œil sur le compte en banque et la paperasse, comme pour

Harville. Moi, je vais aller voir Dudrand. On se retrouve au bureau vers seize heures.

Dudrand n'était pas à la morgue. Salarnier téléphona à son domicile, et le médecin le convia à lui rendre visite, chez lui, rue Saint-Lazare. Salarnier sourit à l'idée qu'un médecin légiste puisse habiter rue Saint-Lazare…

Dudrand accueillit joyeusement son hôte. Il l'invita à s'asseoir, dans un des fauteuils du salon, et proposa un whisky, que Salarnier accepta volontiers. Une litho était accrochée au mur. Une reproduction d'un tableau de Carlos Schwabe : la Mort du Fossoyeur. Dans un cimetière couvert de neige, on voyait un vieillard décharné occupé à creuser une tombe. La Mort se penchait sur lui ; une Mort peu académique, incarnée par une jeune femme ailée, dont la douceur des traits était soulignée par une chevelure d'un noir de jais. Elle était vêtue d'une robe vert sombre. La Mort était belle. Salarnier frissonna en avalant une gorgée d'alcool.

— Vous n'en avez pas assez, de tout ça ? demanda-t-il en montrant la gravure.

Dudrand haussa les épaules. Il versa un autre verre au commissaire et but le sien d'une traite.

— Ah oui… ricana-t-il, vous donnez volontiers dans le lieu commun, vous aussi ? N'est-ce pas, les psychiatres sont fous, cela va de soi, les politiciens sont corrompus, c'est entendu, quant aux drilles, ils sont joyeux, de même que les lurons sont gais, tout comme les pauvres sont propres ? Les médecins légistes, par conséquent, sont nécrophiles, ça ne mérite même pas d'être relevé…

— Pardonnez-moi, admit Salarnier en souriant, c'est absurde, vous avez raison, ma question était stupide. Ce tableau est très beau…

Il ouvrit sa serviette et en sortit le dossier concernant René Voivel. Il contenait de nombreuses photos du cadavre et un compte rendu précis des circonstances de sa découverte accompagnait le rapport d'autopsie.

— Je voudrais que vous me disiez s'il a été tué de la même façon que Harville. Avec une faux…

Dudrand hocha la tête, s'empara des photos et les étala sur la table basse qui supportait les verres et la bouteille de scotch.

— Difficile, ce que vous me demandez-là… marmonna-t-il. L'autopsie a été pratiquée très tardivement. Je ne peux rien affirmer. Évidemment, une faux a pu causer ce type de lésions sur les vertèbres cervicales, oui, on peut le dire. Mais, si j'étais prudent, je m'abstiendrais de tout commentaire…

Salarnier se pinça le lobe de l'oreille et rassembla les photos dans la chemise.

— Je vais considérer qu'il s'agit bien du même meurtrier… dit-il.

— Ce rapport, vous l'avez lu ? demanda Dudrand.

— Non, je l'ai survolé, très rapidement, pourquoi?

— C'est Harville qui l'a signé. Le pauvre vieux, s'il avait su…

— Vous pensez qu'il y a un rapport?

— Allons donc, vous savez tout comme moi qu'il faut bien croire au hasard…

11

Deux jours plus tard, Salarnier en était encore à élaborer des hypothèses inconsistantes à propos du mobile des deux meurtres. Un fou, un sadique qui se prenait pour la Mort ? Ce n'était guère brillant.

Rital gérait la routine avec efficacité. Les vérifications opérées chez René Voivel n'avaient en rien éclairé la lanterne policière. Voivel avait eu une jeunesse difficile, et à la suite d'un gain à la loterie nationale, en 57, il avait acquis le fonds de commerce où il travaillait auparavant comme simple ouvrier. Sa vie s'était déroulée sans le moindre incident. Il contemplait le monde à travers le prisme déformant de sa boutique de croque-mort, en toute quiétude.

Dépité, Salarnier décida d'aller se promener. Martine avait terminé sa cure mensuelle de chimiothérapie et se reposait. Salarnier pensa faire un saut jusque chez lui, mais il y renonça : après chaque cure, Martine était très déprimée, et les soirées étaient longues. Il rassemblait toute son énergie pour les égayer. Non, cet après-midi, il ne se sentait pas la force d'aller faire le pitre pour dérider Martine. Il eut d'abord honte de son égoïsme, puis chassa ces idées gluantes.

Il marcha le long des quais, sans but. Les bouquinistes avaient plié boutique en raison de la pluie. Il dépassa bientôt la Samaritaine et approcha du Louvre. Il se souvint du tableau de Schwabe, de la reproduction qu'il avait vue chez Dudrand. Le tableau était là, dans une des salles envahies par les touristes. Sans plus réfléchir, Salarnier obliqua vers Saint-Germain-l'Auxerrois et fit la queue quelques minutes pour acheter un ticket d'entrée au musée. Des Japonais caquetaient en mitraillant au flash la façade de l'édifice.

Salarnier traversa les salles égyptiennes avec un troupeau d'Allemands. Un peu perdu, il s'adressa à un guide et lui demanda où se trouvait le tableau.

— Dans le Cabinet des Dessins, monsieur, mais il est fermé au public, provisoirement…

Salarnier fut déçu et tourna en rond dans la salle Médicis. Il s'assit devant un Rubens, près de deux petites vieilles tout essoufflées d'avoir couru de salle en salle. Puis il sortit et revint sur ses pas, après avoir traversé la Seine. Au Quai, Rital l'attendait avec impatience.

— Le deuxième cadavre ! s'écria-t-il, celui de la forêt de Sénart, on l'a identifié !

Salarnier se frotta les mains. Il s'assit dans son fauteuil pour écouter Rital, qui était très excité.

— Le gars que vous avez mis sur le coup a bien bossé, dit-il, il a vérifié le passé « dentaire » des vingt membres de la liste : patiemment il a pris contact avec les familles pour savoir si leur disparu portait bien un bridge, en haut à gauche, entre la première et la troisième molaire...

— Alors ? demanda Salarnier.

— Ça colle ! On l'a : Mesclin Jean-Louis, disparu le 4/9. On a retrouvé son dentiste, et on lui a montré des photos du crâne : le type est formel, c'est bien lui qui a posé l'appareil, de plus, les soins sur deux caries correspondent. Mesclin s'est fait soigner avant de partir en vacances, cet été. Pas de doute, c'est lui.

— Bon, qu'est-ce qu'il faisait, dans la vie, Mesclin ?

— Attaché d'administration à la Ville de Paris. Il habitait le 12e, place Daumesnil. J'attendais votre feu vert pour prévenir la famille.

— Écoute, dit Salarnier, tu vas foncer voir Dudrand. Pour qu'il essaie de nous dire si Mesclin a bien été tué de la même façon que les deux autres. Je me charge du reste...

Ils se retrouvèrent en fin d'après-midi. Rital apportait la confirmation de l'identité de l'arme ayant servi à tuer Harville, Voivel et Mesclin.

— Je me méfie, dit Salarnier, Dudrand veut

jouer les experts, et ça l'excite, cette histoire de faux. Enfin, faisons-lui confiance.

— Et vous, qu'est-ce que ça a donné ?

— Mesclin était un célibataire endurci. Et un fonctionnaire irréprochable, ultra-ponctuel, tatillon…

— Le résultat des courses, c'est qu'on est dans la panade… non ?

— Non… murmura Salarnier. Harville était médecin légiste. Voivel tenait un commerce funéraire, et Mesclin… tu sais ce qu'il faisait, à la Mairie, ce type-là ?

Rital révéla son ignorance par une mimique appropriée.

— Il était responsable des cimetières… la gestion du personnel, l'entretien, les cérémonies officielles, c'était ça, son boulot.

— Et alors ?

— Alors ? Des professionnels de la mort assassinés à coups de faux, ça te branche pas, toi ?

Salarnier se leva brusquement et quitta son bureau. Rital lui emboîta le pas.

Une demi-heure plus tard, ils pénétraient chez Mesclin. Un serrurier commis d'office leur avait ouvert la porte. Le logement était resté dans l'état où son propriétaire l'avait quitté. Une forte odeur de moisi émanait de la cuisine. Une vaisselle monstrueuse croupissait dans l'évier ; les murs du living étaient ornés de posters représentant des paysages de montagne. Dans la chambre, Rital ouvrit une armoire pleine à ras bord de matériel d'escalade. Pitons, cordages, anoraks, chaussures à crampons.

— Alors, quoi, merde, c'est quoi, leur point commun ? grogna Salarnier.

— Vous l'avez dit : la mort.

Salarnier s'assit sur le lit, en poussant un long soupir.

— Tu feras mettre des scellés, dit-il, et on enverra une équipe, pour les empreintes, mais j'y crois pas trop... Qu'est-ce qu'ils ont bien pu foutre, ces pauvres types, pour qu'on les cisaille à coups de faux ? Hein Rital, toi qui en connais un rayon à propos de la misère humaine, t'as pas des lumières ? Elle peut pas te souffler un tuyau, la Vierge Noire ?

Rital haussa les épaules et s'abstint de tout commentaire. Il fouillait dans la table de chevet, du bout des doigts. Il en extirpa quelques revues pornographiques assez salées ; près de la lampe, il trouva un mouchoir chiffonné, et raide.

— C'est plein de sperme, ça... lâcha-t-il d'une voix détachée. Mesclin se branlait en reluquant ces cochonneries.

Salarnier se pencha vers le mouchoir et le contempla attentivement, d'un œil étonné. Puis il dévisagea Rital.

— T'en sais, des choses... dit-il.

— C'est pas la peine de me regarder comme

ça! s'écria Rital, cramoisi. C'était un célibataire et il se tapait des pignoles en s'essuyant dans son mouchoir, c'est pas sorcier, ça, ça a rien d'extraordinaire…

— Non, en effet, t'es fier de ta trouvaille ?

Rital laissa tomber le mouchoir et sortit de la chambre. Salarnier le suivit.

Le living était meublé de façon sommaire. Les meubles étaient de bonne qualité, mais le maître des lieux les avait choisis à l'aveuglette, en fonction de leur commodité, sans aucun souci esthétique. Rital ramassa dans l'entrée la pile de lettres que la concierge de l'immeuble, jour après jour, avait glissées sous la porte.

— Embarque tout… dit Salarnier, tu jetteras un coup d'œil.

Une fois de plus, il s'en voulait d'avoir froissé son adjoint. Rital était célibataire, il allait à la messe tous les dimanches, et Salarnier imaginait sans peine que la vie sexuelle de l'inspecteur n'était pas des plus florissantes.

Sur le chemin du retour, Salarnier ne desserra pas les dents. Rital conduisait avec hargne, klaxonnant à tout va. Le commissaire se remémora le tableau de Schwabe, la Mort du Fossoyeur, cette jeune femme aux cheveux noirs, vêtue de sa robe verte… et Mesclin, responsable des cimetières, s'était fait trancher la tête.

Deux jours passèrent encore ; la neige recouvrait Paris. Salarnier arrivait tard le matin au Quai.

Son équipe d'inspecteurs compulsait les papiers personnels des trois victimes, sans résultat.

Rital semblait distrait. Salarnier apprit qu'il était très occupé à l'extérieur : sa paroisse projetait un pèlerinage en Pologne, et Rital collectait des vêtements, des médicaments ; il s'adonnait totalement aux préparatifs du voyage.

Néanmoins, le vendredi après-midi, il vint prévenir le commissaire qu'il y avait du nouveau.

— Je vous avertis tout de suite, dit-il, c'est pas le délire. On fait ce qu'on peut. Voilà, on a épluché les relevés bancaires de nos trois lascars, en remontant jusqu'en avril. Bon, vous me suivez ? Mesclin habitait le douzième et travaillait Boulevard Morland. Voivel ne quittait pour ainsi dire jamais sa bonne ville de Thiais. Quant à Harville, il logeait rue de Turbigo et se rendait tous les jours à l'Institut Médico-légal, quai de la Rapée. Leur parcours était bien balisé...

— Jusque-là, effectivement, rien de bien bouleversant...

— Je sais, je sais... Eh bien, tous les trois, ils ont tiré de l'argent, avec leur carte bleue, dans la même agence de la BNP, avenue du Maine, et ce la veille ou l'avant-veille de leur disparition... Mesclin mille cinq cents francs, Voivel mille huit cents, et Harville, deux mille. Voilà.

Salarnier digéra la nouvelle avec calme. Il mordillait le bout d'un crayon de papier en regardant Rital.

— On a cherché des chèques adressés à un même commerçant, poursuivit celui-ci, dans le quartier, un restaurant, un coiffeur, un marchand de pinard, n'importe quoi, on n'a rien trouvé de mieux…

— Tu penses que c'est important, ton histoire de carte bleue ?

— Oh, je pense rien, soupira Rital, vous me demandez de trouver un point commun, je trouve, c'est tout.

— Ça fait maigre, non ?

Salarnier se leva et vint se placer devant un grand plan de Paris, punaisé sur un des murs du bureau. Du bout de son crayon, il entoura le périmètre compris entre le boulevard Brune, la rue Raymond-Losserand et l'avenue René-Coty.

— Ils ont tiré du fric… pour acheter quelque chose quelque part par là… eh ben, si on n'a pas plus de chance…

12

Hadès caressait le corps soyeux de Lola. Sa main descendit le long du buste, s'insinua entre les cuisses. Lola gémissait, soupirait, murmurait des mots tour à tour tendres ou vulgaires. Puis elle attira Hadès sur elle, et guida son sexe pour qu'il la pénètre. Elle s'agitait sous lui en poussant de petits cris plaintifs et se mordit la main Hadès plongea son regard dans celui de la jeune femme. Elle mimait le plaisir, n'en éprouvait aucun. Hadès le savait. La tête lui tournait. Il étreignit violemment le corps de Lola. Lola avait rajeuni. Qu'importait le plaisir ?

Puis vint le rituel du poème. Comme d'habitude. Hadès, rassasié de ce corps tiède et menteur, restait allongé, hébété. Il enfouissait son visage dans la chevelure de Lola. Elle ne bougeait pas. À voix basse, il dit :

Ô toison, moutonnant jusqu'à l'encolure !
Ô boucles ! Ô parfum chargé de nonchaloir !

Extase ! Pour peupler ce soir l'alcôve obscure
Des souvenirs dormant dans cette chevelure,
Je la veux agiter dans l'air comme un mouchoir !

... je plongerai ma tête amoureuse d'ivresse
Dans ce noir océan où l'autre est enfermé
Et mon esprit subtil que le roulis caresse
Saura vous retrouver, ô féconde paresse !
Infini bercement du loisir embaumé !

Et, quand vint la dernière strophe :

Longtemps ! Toujours ! ma main dans ta crinière
* lourde*
Sèmera le rubis, la perle et le saphir,
Afin qu'à mon désir tu ne sois jamais sourde !

Ce fut Lola qui dit :

N'es-tu pas l'oasis où je rêve, et la gourde
Où je hume à longs traits le vin du souvenir ?

Hadès se leva. Il écarta le rideau, légèrement.
La neige tombait dru au-dehors. Dans la rue, un
père de famille passait, entouré de ses enfants. Il
portait un sapin de Noël dans ses bras.

— Je pars quelques jours à la montagne, jusqu'au 3 janvier... dit Lola.

Hadès sursauta. Lola avait disparu dans la salle
de bains. Il y eut un bruit d'eau, trivial. Hadès

serra les poings et blêmit. Voilà comme elle le remerciait. En fuyant ! Elle n'avait pas le droit, oui, qui donc l'avait autorisée à s'échapper ainsi ?

Il se raisonna : il ne pouvait rien dire, la moindre protestation eût déclenché un fou rire de Lola, sans doute… Hadès s'était résigné à l'aimer comme un chien aime son maître, depuis longtemps. Il n'y avait aucune emphase misérabiliste dans cette constatation : c'était bien sa part à lui, la part du chien. Une caresse de temps à autre, quand on y pense. Et le chien est heureux.

Il s'était habillé à la hâte. Elle reparut dans la chambre, enveloppée dans une sorte de boubou. La pointe de ses seins tendait le tissu. Hadès la contempla et oublia aussitôt ses pitoyables reproches. À quoi pouvait-il donc prétendre ? Lola avait rajeuni. Et le temps, le temps travaillait pour Hadès. Il sortit.

Le studio empestait le tabac froid. Des restes de sandwiches séchaient sur le radiateur. Hadès se baissa, prit une bière dans le pack de carton qui traînait sur la moquette, et décapsula la bouteille. Il but au goulot.

Le magnétoscope était en marche. Un bout de rue enneigée apparut sur l'écran. Les branches des marronniers, dans le square, dégoulinaient de glaçons. Hadès s'assit dans le fauteuil, face à la fenêtre. Il chargea le Nikon d'une nouvelle pellicule, régla le téléobjectif sur l'entrée de l'immeuble, de l'autre côté de la rue, et attendit. Il était 10 h 30. Hadès guetterait ainsi jusqu'à 17 heures. Il y aurait une coupure entre midi et 14 heures.

L'ennui n'effrayait pas Hadès. Ni l'attente. Hadès avait conclu un pacte avec le Temps. Il éclata de rire à cette pensée. Un pacte avec le Temps, lui, Hadès ? Allons donc...

Dans la nuit de l'Histoire, Ouranos et Gaia, le Ciel et la Terre, donnèrent naissance, par leur union, aux Titans... Cronos, le Temps, était le plus jeune d'entre eux. Et Cronos, à son tour, eut une descendance, en s'unissant à sa sœur, Rhea. Ils engendrèrent trois filles : Demeter, Hestia et Hera. Et trois fils : Poseidon, Zeus, et... Hadès ! Le Gouverneur de l'Empire des Morts était le fils du Temps. Le fils du Temps ! Son sang coulait à pleins flots dans les veines d'Hadès.

13

Salarnier s'écarta du bord du trottoir. Une neige grise qui se transformait en soupe couvrait la chaussée, et les voitures aspergeaient les passants. Noël était tout proche. Les vitrines des commerçants se garnissaient de victuailles graisseuses.

Salarnier s'arrêta chez le fleuriste et commanda un énorme bouquet de fleurs tropicales, pour narguer l'hiver. L'état de santé de Martine s'était brutalement aggravé début décembre. Patrick l'avait prédit : l'anémie, les troubles de la marche, les nausées, tout cela, c'était « classique ». Mais il y avait autre chose.

Martine était très faible. Elle avait maigri, encore. La polynévrite qui frappait sa jambe gauche l'empêchait de quitter seule le lit. Salarnier devait la porter jusqu'aux toilettes. Au bout de quelques jours, elle en eut assez et appela elle-même Patrick pour lui demander de l'hospitaliser. Ce qui fut fait dès le lendemain. Une ambulance vint la prendre en charge à Gentilly et la conduisit à l'Hôtel-Dieu, où on l'admit dans le service que dirigeait le docteur Lafont.

Salarnier ne savait que penser de cette décision. Résultait-elle d'une décision de lutter pied à pied en endossant une défroque de malade «officielle», ou, au contraire, fallait-il l'interpréter comme un signe d'acceptation résignée de la maladie…

Il se retrouva donc seul, chez lui. Le matin, il allait au Quai faire de la présence. Puis, dès que l'heure des visites était arrivée, il rejoignait l'hôpital pour y passer l'après-midi, voire le début de soirée au chevet de sa femme. Il apportait des fleurs, des bonbons, des magazines et couvrait le lit de Martine de tous ces grigris. Le soir, il soupait dans un restaurant du quartier puis regagnait son domicile. Il traînait jusqu'à minuit à lire ou à s'abrutir devant la télé, puis prenait sa ration de somnifères et sombrait enfin dans le sommeil.

Martine souffrait de douleurs diffuses, dans les os, dans le ventre ; on examina son corps décharné au scanner, on lui fit subir plusieurs scintigraphies. Enfin, après une semaine d'examen, Patrick fit ses aveux à son ami : des métastases étaient apparues, dans les os, et au foie. Le pronostic était sombre. Ils annoncèrent à Martine que toutes ces complications résultaient des effets secondaires de la chimio, mais elle n'était pas dupe.

Salarnier errait donc, de place en place, et le

temps lui semblait se distordre, comme dans une galerie de miroirs déformants. Certaines minutes pesaient affreusement lourd, alors qu'en soufflant sur des journées entières, il ne restait plus rien que des poussières d'instants futiles.

Du côté du tueur à la faux, rien n'émergeait. À plusieurs reprises, Rital et son équipe avaient passé au crible les éléments dont ils disposaient. Puis, à la veille de Noël, Rital partit pour la Pologne apporter ses médicaments. Désœuvré, Salarnier vint même l'accompagner à la gare. L'affaire était en sommeil, et d'autres enquêtes furent offertes en pâture à la machine policière…

Durant les premiers jours de janvier, Martine fut soumise à une nouvelle cure de chimio. Elle avala des gélules aux noms jusqu'alors inconnus : Adriblastine, Vincristine… Salarnier voulait l'arracher à l'hôpital, la ramener à la maison, prendre un congé pour s'occuper d'elle : elle refusa tout cela. Salarnier comprit qu'indifférente aux résultats du nouveau traitement, elle avait accepté de se laisser aller. Le soir du 7 janvier, il passa la nuit chez Isabelle et Patrick, qui l'avaient invité à souper. Toute la nuit, il pleura. Le matin, abruti de fatigue, il parvint enfin à s'endormir, quand un coup de téléphone de Rital l'arracha à son lit…

14

Le 6 janvier au matin, Hadès prit sa faction, dans le studio, en face du square. La galerie de portraits, de Numéro 2 à Numéro 52, qui ornait les murs de la pièce, était couverte de poussière, et il prit son plumeau... Puis il s'assit dans le fauteuil et attendit. Vers onze heures, un inconnu se présenta devant l'immeuble, de l'autre côté de la rue. Il était assez jeune, portait les cheveux mi-longs, et était vêtu d'une gabardine et d'un jean. Il composa le code et pénétra dans le hall. Hadès le photographia puis reposa l'appareil. Il enfila son blouson et se prépara à la filature. Une demi-heure plus tard, l'inconnu sortit dans la rue et ne prêta pas attention à ce type qui s'affairait autour de sa moto, près de l'entrée du square.

Il monta dans un taxi. Hadès le suivit. Une vingtaine de minutes plus tard, Numéro 56 péné-trait dans un immeuble de la rue Manin, face aux Buttes-Chaumont. Hadès épia les fenêtres, les balcons. Peu après, l'inconnu s'accouda à la rambarde d'une terrasse, au cinquième étage. Hadès repéra soigneusement la position de l'appartement. Il fallait attendre, à présent. Suivre ce type pour découvrir qui il était. Lui voler ses papiers, s'il le pouvait, comme il avait volé ceux de Numéro 52, mais ce n'était pas si facile. À seize heures, l'inconnu sortit de chez lui. Il entra dans le parc des Buttes, le traversa dans toute sa longueur et sortit de l'autre côté, vers la rue des Alouettes. Il pénétra ensuite dans le siège de la SFP. Hadès hésita quelques secondes, puis il arrêta sa décision. En courant, il retraversa les Buttes, en sens inverse, et aboutit devant l'immeuble de la rue Manin. Il y entra et prit l'ascenseur jusqu'au cinquième. Il sortit un trousseau de clés de son blouson et crocheta la serrure de l'appartement de gauche, sur le palier qui ne comptait que deux portes.

Numéro 56 était un intellectuel, sans doute… Des rayonnages de bibliothèque ornaient les murs d'une vaste pièce luxueusement meublée. Hadès erra quelques minutes dans l'appartement et, enfin, il aboutit dans le bureau de Numéro 56. Des piles de photos et de dossiers étaient amassées en désordre sur des étagères de bois blanc. Hadès ouvrit une épaisse chemise qui traînait sur un secrétaire. Il étudia le premier document qu'elle contenait, puis le second, et, haletant, poursuivit son inspection. Elle fut brève, il n'y avait pas à tergiverser. Numéro 56 devait disparaître !

Hadès quitta l'appartement en refermant soigneusement la porte. Il était près de 16 heures quand il posa le pied sur le trottoir de la rue Manin. Il mit son casque, monta sur sa moto et démarra aussitôt. Il fallait aller chercher la faux, au manoir. Revenir avec la camionnette, se cacher dans les parages, jusqu'à la nuit. Ensuite… Ensuite, il improviserait.

Ne rien dire à Lola ! Elle pourrait s'affoler, geindre, tenter de le dissuader de crever la peau de cette saloperie de Numéro 56. Lola était inconsciente. Elle refusait de voir ce danger qui la menaçait en permanence, tous ces loups qui voulaient mordre sa chair.

Il faisait déjà nuit quand il fut de retour à Paris. Les lumières étaient allumées, au cinquième étage, à gauche, de cet immeuble bourgeois de la rue Manin. Hadès gara sa camionnette près de l'entrée des Buttes. Il attendit. Peu à peu, les promeneurs désertaient le parc. Seuls quelques adeptes du jogging s'y égayaient encore, mais le froid se faisait de plus en plus dissuasif.

À 21 heures, Hadès sortit de la camionnette. Il ouvrit le battant arrière. La faux était là, enveloppée dans une bâche. Il s'en saisit, referma le hayon et, ainsi chargé, pénétra dans le parc. Il déposa son colis près d'un manège de chevaux de bois, dans les taillis, et défit la bâche. Il était heureux. Le cas de Numéro 56 serait vite expédié. Il habitait un endroit idéal. Hadès n'aurait pas à déployer des ruses pour l'attirer à son rendez-vous, comme il avait fallu le faire avec Numéro 52, Numéro 28, Numéro 42…

Il procéda à une rapide inspection des environs. Les allées enneignées étaient désertes. La surface du lac commençait à geler. Hadès entendit un froissement d'ailes, et il aperçut un cygne qui prenait son envol pour se réfugier dans la grotte.

De retour rue Manin, il constata avec soulagement que la lumière était toujours allumée chez Numéro 56. Fallait-il monter tout de suite, convaincre Numéro 56 de le suivre… ou attendre ? Il se donna un délai d'une heure avant de prendre une décision.

Mais, vers 21 h 30, Numéro 56 sortit de chez lui. Hadès lui emboîta le pas. Numéro 56 remonta la rue Manin jusqu'à la place Armand Carrel et pénétra dans une brasserie. Hadès attendit au-dehors et vit Numéro 56 s'attabler, commander un repas. Un gros serveur moustachu lui apporta un steak, un quart de vin. Numéro 56 mangea très rapidement. Il laissa un billet sur la table et se leva sans attendre la monnaie. Hadès était résolu à agir sans tarder, sinon, selon toute vraisemblance, Numéro 56 allait regagner son domicile, et tout serait à refaire. Il sortit son revolver et, le bras le long du corps, il s'approcha de Numéro 56, qui, tout à coup, traversa la rue et se dirigea vers la grande entrée des Buttes. Hadès sourit et le suivit à distance. Numéro 56 dépassa le manège de chevaux de bois, le kiosque à musique et s'arrêta devant le lac. Il alluma une cigarette et resta là, à contempler le reflet de la lune sur la surface gelée du lac… Il frissonna et remonta le col de sa gabardine, puis, après avoir jeté son mégot, il revint sur ses pas. Hadès jaillit alors de derrière un taillis. Il menaçait Numéro 56 de son revolver. Numéro 56 leva les bras.

— Balance ton portefeuille…, dit Hadès.

Numéro 56 sentit une longue coulée de sueur descendre le long de sa colonne vertébrale. Lentement, il baissa le bras droit, ouvrit sa gabardine et lança son portefeuille vers Hadès.

— Pas de panique…, dit celui-ci. Je suis chômeur, pas de fric, tu comprends, alors…

Hadès ramassa le portefeuille et l'enfouit dans son blouson.

— Mets-toi à genoux, dit-il encore, je vais partir, et toi, tu vas rester cinq minutes à genoux, en silence, après, tu pourras gueuler tant que tu voudras…

— Je… je ne crierai pas ! balbutia Numéro 56.

Et il se mit à genoux. Hadès disparut derrière lui.

— Cinq minutes, n'oublie pas… répéta-t-il.

Il sortit la faux de sa cachette, l'empoigna solidement, et d'un geste assuré, ample et souple, il trancha la tête de Numéro 56. Elle roula jusque dans les taillis, tandis que le corps s'agitait de soubresauts désordonnés. Une longue colonne de sang fusa et macula la neige d'une traînée rouge. Hadès lâcha la faux, s'approcha du corps qui gisait à présent inerte, et remit le portefeuille dans la gabardine. Il était hors de question qu'on le prenne pour un voleur… Puis il récupéra la bâche, en drapa la faux et courut jusqu'à la camionnette, où il rangea son colis. Après quoi, il s'installa au volant et démarra.

Au manoir, tout était calme. Hadès gara la camionnette dans la remise ; il brûlait d'une envie folle : aller raconter à Lola qu'une fois de plus, lui, Hadès, le malheureux Hadès, l'avait sauvée. Il avait interdit que des êtres maléfiques ne l'approchent. Mais Lola ne pouvait rien entendre à ces choses.

Alors, Hadès but. Dans la grande salle du rez-de-chaussée, il s'allongea sur un canapé et se servit un verre de cognac. Il mit la stéréo en marche. La musique envahit la pièce. Un air que Lola appréciait tout particulièrement, autrefois. Jacques Ibert, *Tropisme pour des amours imaginaires*. Hadès détourna les yeux du piano, un quart de queue qui faisait face à la cheminée, ce piano qui était silencieux depuis si longtemps. Pour oublier le silence, Hadès but encore et encore.

Au petit matin, ivre de fatigue et d'alcool, il sortit dans le parc. La journée serait belle, assurément. Une lueur rouge se détachait de l'horizon, à l'est. Hadès se souvint des aurores qu'il avait jadis contemplées en compagnie de Lola, dans une autre vie.

15

— Aux Buttes-Chaumont, s'égosillait Rital, au téléphone. On en a retrouvé un autre !

Salarnier reposa le combiné et avala une tasse de café à la hâte. Patrick, chez qui il avait passé la nuit, l'observait d'un œil soucieux.

— Tu n'as pas dormi, dit-il, repose-toi un peu, non ?

— Je dois y aller…

— C'est si important ?

— Écoute, ce serait difficile à expliquer… Oui, c'est important, pour moi.

Il roula à vive allure, de la place des Ternes, où vivait Patrick, jusqu'aux Buttes-Chaumont. Le parc avait été fermé au public et investi par une escouade de flics qui fouillaient minutieusement les taillis. Salarnier gara sa voiture rue Manin et, guidé par un inspecteur, se dirigea vers le manège de chevaux de bois. Rital écarta les techniciens du laboratoire et le commissaire découvrit le cadavre. Dudrand, qui venait d'arriver, s'approcha, et lui serra furtivement la main.

— C'est encore la faux ? demanda Salarnier.

— Regardez vous-même, mon vieux, vous avez autant l'habitude que moi, à présent…

Des traces de pas se dessinaient dans la neige. On était en train de mouler des empreintes.

— Regardez, dit Rital, il est parti par là, il a semé des gouttes de sang, comme le Petit Poucet.

— On a ses coordonnées ? demanda Salarnier.

Rital tendit un portefeuille que le commissaire ouvrit. La victime se nommait Hervé Fabrard.

— Merde, dit Salarnier, en feuilletant les papiers, ça colle plus…

— Pourquoi donc ? demanda Dudrand.

— Il est réalisateur, à la télévision…

— Et alors ?

— Alors ? il faudrait qu'il soit embaumeur, boucher, je sais pas, moi, mais, là, ça colle plus…

Salarnier fit le tour du cadavre et se dirigea vers le buisson près duquel on avait retrouvé la tête, tandis que Rital, en quelques mots, expliquait à Dudrand pourquoi « ça ne collait plus ».

Les manœuvres des techniciens prirent encore une demi-heure puis on chargea le corps dans un fourgon. Les gardiens du parc étaient déjà partis ouvrir les grilles aux badauds qui se pressaient derrière.

— Celui-là, dit Salarnier en revenant vers

Dudrand, vous allez me le découper en rondelles, il faut en tirer le maximum, hein ?

Dudrand haussa les épaules, mécontent de ce ton peu protocolaire.

La concierge de l'immeuble du 48, rue Manin donna un double des clés de l'appartement d'Hervé Fabrard à l'inspecteur Rital.

Tout y était en ordre, d'un point de vue policier : rien n'était saccagé, on ne pouvait déceler aucune trace d'une visite anormale.

— C'est la bohème, ici, soupira Rital en poussant du pied une pile de disques dont certains gisaient sur la moquette, hors de leur pochette.

Salarnier fit rapidement le tour des quatre pièces. Rien n'attirait son attention, quand Rital l'appela, du bureau.

— Venez vite, finalement, ça colle ! cria-t-il.

Salarnier se précipita jusqu'au bureau. Rital avait fouillé dans les dossiers étalés sur le secrétaire et tendait une pochette cartonnée au commissaire. Salarnier lut avec avidité :

SFP/UNITÉ DE PROGRAMME PASCAL TRUCHEAU
PROJET/HERVÉ FABRARD
« IMAGES DE LA MORT DE DÜRER À DALI »
DURÉE PRÉVUE : 45 mn

Durant la seconde moitié du XIVe siècle et plus encore au début du XVe, apparaît en Europe,

dans les arts plastiques, une nouvelle représen-
tation de la mort qui sera bientôt désignée sous
le terme de « danse macabre »… la Mort, symbo-
lisée par le squelette, ou le cadavre momifié,
entraîne les vivants dans une sarabande légère
qui dégénère bientôt dans les voies les plus
diverses…

Salarnier poursuivit sa lecture en retenant son souffle.

… la figure de la Mort, telle que nous la ren-
controns avec ses symboles et ses emblèmes dans
l'histoire de l'art, a connu moult variations…
… le film que je projette de réaliser, avec l'aide
de conservateurs de différents musées aussi bien
français qu'européens, a pour objet d'offrir un
panorama visuel de ces diverses évolutions…

Salarnier rendit la lettre à Rital et feuilleta les autres documents contenus dans la pochette. Il découvrit une série de photos, de gravures et de tableaux qui, tous, représentaient l'irruption de la Mort dans le monde des vivants. Il s'assit dans un fauteuil et examina les illustrations retenues par Fabrard.

— Laisse-moi seul… demanda-t-il à Rital.

Celui-ci quitta aussitôt le bureau en fermant précautionneusement la porte.

La DANSE DES SQUELETTES, tirée du « Liber

Cronicarum », représentait un quarteron de joyeux cadavres momifiés, dont l'un soufflait dans une sorte de flûte au-dessus du tombeau ouvert d'un gisant, pour le convier à la fête.

Salarnier tourna la page et découvrit une gravure sur bois de Dürer, LA MORT ET LE LANS-QUENET. On y voyait un squelette rigolard montrer à un soldat un sablier lui indiquant que son heure de trépasser était venue.

Secouant la tête, Salarnier poursuivit sa « lecture ». Les représentations étaient nombreuses, mais le thème, identique, se répétait à l'infini, avec de subtiles variantes. Le choix des artistes était très vaste.

De Dürer on passait à Holbein, puis à Rembrandt Harmenszoon Van Rijn, à Rowlandson, qui proposait un tableau saugrenu, montrant la Mort, chaussée de patins à glace, balayant de pauvres promeneurs, sur la surface gelée d'un lac, comme une boule dans un jeu de quilles… Max Klinger avait une vision plus noire du sujet et sa Mort, pilonnant la foule à l'aide d'une masse de paveur, était proprement effrayante. Salarnier découvrit la pointe sèche d'Edvard Munch, « LA JEUNE FILLE ET LA MORT », une représentation troublante, sensuelle : la Mort enlaçant une jeune femme aux formes pulpeuses, et à la croupe rebondie. Les deux personnages s'étreignaient dans un long baiser, et déjà, un fémur sinistre pointait entre les cuisses de la jeune fille…

Kublin, dans une litho à la plume, montrait la «VILLE ABANDONNÉE», couverte de brume et de fumée, dans laquelle errait une gigantesque et énigmatique silhouette macabre.

Salarnier sauta quelques feuillets et tomba sur le tableau de Schwabe dont il avait pu voir une reproduction chez Dudrand. Mais une autre image le troubla : le tableau de Hans Baldung Grien, «LE CHEVALIER, LA JEUNE FILLE ET LA MORT». Il avait ceci de surprenant qu'à l'inverse de tous les autres, la Mort n'y était pas victorieuse. On voyait un paysage de campagne verdoyante ; un chevalier empanaché, juché sur son cheval, vêtu d'une tunique rouge, arrachait à la Mort une jeune femme toute de rose parée. Il la prenait en croupe, après l'avoir tirée des griffes du squelette et celui-ci, renversé sur le sol, se disloquait à demi. Un fémur gisait dans l'herbe, au premier plan du tableau. La Mort, tenace, refusait d'abandonner la partie et agrippait encore entre ses dents un des pans de la robe de la jeune femme. En vain : le couple s'éloignait déjà…

Oui, c'était bien le seul exemple de la Mort défaite, échouant dans son œuvre. Salarnier referma le dossier. Il épongea son front couvert de sueur et appela Rital. Celui-ci attendait patiemment, derrière la porte.

— Embarque-moi tout ça ! dit Salarnier en désignant le classeur.

— Dites… ça ira ? demanda Rital, inquiet.

— Bien sûr, pourquoi cette question ?

Rital ne répondit pas. Salarnier se tourna vers un miroir accroché au mur, près de la bibliothèque. Il vit son visage ravagé par la fatigue, ses yeux rougis, ses traits tirés.

— Ne te fais pas de bile pour moi…, marmonna-t-il. Tu feras tout fouiller de fond en comble, ici, hein ? C'est plus possible, cette histoire, ça ne va pas durer… hein ?

16

Salarnier abandonna Rital et fila à l'Hôtel-Dieu. Martine prenait son repas. Elle mangeait du bout des lèvres une purée légère. Il l'embrassa et s'assit à ses côtés, sur le lit. Elle avait encore maigri. Son teint de peau virait au jaune, et son regard ne reflétait plus qu'une résignation paisible. Ses parents s'étaient déplacés jusqu'à Paris. Martine avait voulu leur cacher la vérité jusqu'au bout. Ils faisaient un aller et retour bi-quotidien entre l'appartement de Gentilly et l'hôpital et restaient là, assis dans la chambre, à sourire à leur fille, incapables d'articuler le moindre mot. Salarnier devait les pousser au-dehors pour les soustraire à la vue de sa femme. Il les avait installés chez lui et s'était réfugié chez Patrick. Dès le début de leur séjour, il prit son beau-père à part et ne lui dissimula pas la vérité : Martine allait mourir. Puis il débita des banalités : il comptait sur lui, il fallait être fort, etc. Le vieil homme maîtrisa ses sanglots et acquiesça. Martine était leur fille unique.

Elle était étendue sur le dos. Sa poitrine se soulevait au rythme de la respiration, irrégulière. Parfois, des spasmes l'agitaient. Salarnier resta près d'elle jusque tard dans la soirée. Il lui tenait la main. D'une voix ténue, elle parla de la mer, du plaisir qu'il y avait à se laisser happer par les vagues. Une infirmière entra dans la chambre, une seringue à la main. Martine demanda à Salarnier de sortir. Elle ne voulait pas qu'il voie son corps.

Deux jours passèrent. Martine avait été placée sous assistance respiratoire. Un masque lui couvrait le visage. Salarnier assista à la visite de Patrick, qui prescrivit de nouveaux médicaments. Le soir du troisième jour, Martine était au plus mal. Salarnier demanda à son ami de ne pas prolonger inutilement l'agonie.

— On ne sait jamais, répondit Patrick, tu sais, on a vu des cas...

— Arrête tes salades, je t'en prie, dit Salarnier, d'une voix sourde, elle est prête, elle a laissé tomber, tu ne vois pas ça, toi ? Alors c'est inutile de la faire souffrir davantage.

Patrick ne répliqua pas. Il proposa à son ami d'aller se reposer dans son bureau ; il y avait un canapé.

— Tu n'as pas dormi depuis avant-hier, dit-il, ça ne sert à rien. Va, va dormir, je t'appellerai.

Salarnier se laissa guider vers le bureau. Il s'allongea sur le sofa et s'endormit dans les secondes qui suivirent. Patrick le réveilla un peu après minuit.

— Viens, dit-il à voix basse, viens près d'elle, maintenant...

Salarnier pénétra dans la chambre. Une veilleuse diffusait une lumière douce. Martine avait les yeux grands ouverts. Elle avait rejeté le masque et haletait. Salarnier se pencha vers elle. De grosses larmes coulaient sur ses joues. Il l'embrassa doucement sur la tempe et resta ainsi, tout contre elle. Quelques minutes plus tard, les spasmes la reprirent. La douleur tordit son visage, puis elle s'apaisa, brusquement. Salarnier posa le front contre son cou. La main de Martine vint lui caresser la nuque. Et la caresse cessa.

Il se redressa lentement.

— Voilà, c'est fini... dit-il, pour lui-même.

Il attendit un peu et appela Patrick, qui patientait dans le couloir. Tous les deux, ils veillèrent Martine, jusqu'au petit matin. Puis Patrick se leva et prit Salarnier par le bras.

— Viens, dit-il, ça ne sert à rien de rester.

Il donna ses instructions à l'infirmière de garde, puis ils sortirent de l'hôpital et burent un café au comptoir d'une brasserie.

Des membres du personnel de l'Hôtel-Dieu vinrent prendre leur petit déjeuner avant d'entamer une nouvelle journée de travail. Ils parlaient du film de la veille au soir, ou du loto, ou de la météo. On annonçait de nouvelles chutes de neige.

— Isabelle peut s'occuper des formalités, proposa Patrick, si tu veux éviter ça... attends-moi, je vais lui téléphoner.

Il se leva et disparut dans la cabine téléphonique. Deux minutes plus tard, il était de retour.

— Accompagne-moi, dit Salarnier, je ne veux pas rester seul.

— Où veux-tu aller ?

— Nulle part, viens, on va marcher...

Ils traversèrent la Seine, après être passés devant Notre-Dame. Les bennes à ordures sillonnaient les rues, et les éboueurs chargeaient les poubelles à grand bruit. Quelques passants se hâtaient déjà vers les bouches du métro Saint-Michel. Il était 8 heures.

Hadès quitta le manoir, et, à moto, prit la route de Paris. C'était une journée comme les autres, banale et monotone.

Salarnier et Patrick errèrent dans les rues, puis sur les quais, une heure durant. Ils longeaient la Seine. Salarnier leva les yeux vers le Louvre. Son visage se figea dans un rictus amer.

— Viens, dit-il, je vais te montrer quelque chose.

Il entraîna Patrick vers le Pont Neuf en marchant d'un pas rapide. Les grilles du Musée étaient encore fermées, mais, derrière les guichets, les employés préparaient déjà la monnaie.

— Deux entrées, dit Salarnier, en jetant un billet devant l'hygiaphone d'une des guérites.

Ils furent les premiers visiteurs de la journée. Salarnier se dirigea vers un gardien. LE CHEVALIER, LA JEUNE FILLE ET LA MORT, le tableau de Baldung Grien, était au Louvre, il le savait, Fabrard l'avait mentionné dans son dossier. Cette fois, il ne subirait pas de déconvenue.

Le gardien leur indiqua le chemin. Ils s'engagèrent dans le dédale des allées jusqu'à la galerie abritant les toiles de l'école allemande. Salarnier balaya du regard les tableaux exposés ; il dédaigna l'Autoportrait de Dürer, la Vénus de Cranach, la Déploration du Christ de Wolf Hubert, le portrait d'Érasme de Holbein et s'arrêta devant le Chevalier, la Jeune Fille et la Mort…

— Regarde ! dit-il, voilà ce qu'il fallait faire !

Le médecin se pencha vers la toile, observa la scène représentant ce cavalier arrachant sa belle à la Mort, une Mort ridicule, dont le squelette se disloquait sous les coups portés par l'audacieux amant.

— Hein, tu ne trouves pas ? reprit Salarnier d'une voix étranglée, voilà ce qu'il fallait faire, au lieu de la laisser crever, il fallait casser la gueule à la Mort, mais je n'ai pas su…

Patrick passa un bras autour des épaules de son ami et l'entraîna hors de cette salle.

— Allons, dit-il, il ne faut pas te laisser aller… Qu'est-ce qui t'arrive ? Tu n'y pouvais rien, et moi non plus, d'ailleurs…

Après quelques minutes de déambulations hasardeuses, ils quittèrent le musée, en croisant les premiers bataillons de touristes. Ils s'installèrent dans un café faisant face à l'église Saint-Germain-l'Auxerrois.

— Tiens, bois donc ça, ça va te secouer…

Patrick tendait un verre de cognac que le serveur venait de déposer devant lui. Salarnier l'avala en une seule gorgée.

— Tu es vraiment fatigué, dit Patrick, il faut que tu te reposes… prends du recul. Mets-toi en congé quelques semaines.

En sortant du café, Patrick sauta dans un taxi pour rentrer chez lui, tandis que Salarnier, à pied, prenait la direction du Châtelet. Vingt minutes plus tard, il pénétrait dans son bureau, au Quai.

— Rital n'est pas là ? demanda-t-il au planton qui se morfondait dans le couloir.

— Je viens de le voir passer…

Le commissaire entra dans le local où était installé le distributeur automatique de café. Rital lisait *la Croix* en sirotant un expresso fumant.

— Tu as une minute à m'accorder ? demanda Salarnier, avec douceur.

L'inspecteur jeta son gobelet et le suivit dans le couloir désert.

— Voilà… dit Salarnier. Ma femme est morte, cette nuit…

— Merde… Oh, pardon… Elle a beaucoup souffert ?

— Non, je ne crois pas. Tu sais, elle avait accepté. Accepté de mourir. Et l'autre ordure, tu as du nouveau ?

— Pas vraiment. Dudrand nous a rendu un beau rapport, mais ça fait pas avancer le schmilblic. Et on fouille tant qu'on peut dans la vie de Fabrard. Il a jamais foutu les pieds dans l'agence de la BNP, avenue du Maine…

— Bon… Écoute, je vais m'absenter, tu comprends, l'enterrement, la famille… Mais voilà un numéro où tu pourras me joindre. Au moindre élément nouveau, tu m'appelles, hein ?

Rital empocha la carte de visite de Patrick en glissant un regard lourd de reproches vers le commissaire.

— Vous êtes fatigué… Prenez le large quelques jours… marmonna-t-il.

— Plus tard, plus tard, dit Salarnier, énervé, qu'est-ce que je foutrais, chez moi, entre quatre murs ? Hein ?

Rital baissa les yeux. Salarnier s'éloignait déjà, et son insistance le laissa mal à l'aise.

17

La rue offrait un spectacle insipide. Les passants anonymes, les habitués du square, les livraisons du boucher, les allées et venues des riverains, Hadès connaissait tout cela par cœur.

Installé dans son fauteuil, face à la fenêtre, dissimulé aux regards par les doubles rideaux, il guettait. Son appareil photo reposait sur ses genoux, armé. Il faisait une chaleur étouffante dans le studio. Hadès n'était jamais parvenu à régler correctement le thermostat.

Engourdi, fatigué, il s'endormit. Sa tête bascula d'abord sur le côté, et bientôt il sombra dans un sommeil profond. Le cauchemar était au rendez-vous. Celui qui le pourchassait depuis des mois. Depuis le jour où il avait entrepris de guetter ainsi.

Et, toutes les nuits, il revenait, inexorable.

… Hadès errait dans un paysage chaotique nappé d'une brume épaisse. Des cris perçaient cette nuit ouatée. Hadès marchait et marchait encore dans son royaume : celui des Morts. Par endroits, le sol devenait spongieux.

Il y avait une lumière, au loin, un arbre entouré d'un tapis de mousse, des chants d'oiseaux. Et Lola, vêtue d'une tunique blanche, dont l'échancrure laissait voir le galbe de ses seins, dormait, allongée sous les branches basses. Hadès courait vers elle, lui criait de fuir, mais aucun son ne sortait de sa bouche. Et l'horreur. Ils étaient là, les monstres, Numéro 28, Numéro 42, Numéro 56, et d'autres encore. Ils dansaient autour de Lola une ronde obscène. Ils étaient nus et de leur sexe dressé suintait déjà une liqueur nauséabonde. Et, de leurs mains ignobles, ils pétrissaient le corps de Lola.

Hadès tentait de s'approcher mais une gangue glacée lui enserrait les chevilles. Ainsi immobilisé, il se voyait contraint d'assister impuissant à l'orgie qui se déchaînait devant ses yeux.

… Le Nikon glissa de ses genoux et tomba sur le sol. Hadès, agrippé aux accoudoirs du fauteuil, ouvrit les yeux.

Le bijoutier sortait pour promener son chien. Une femme entrait dans le square en poussant un landau. Hadès déglutit, se leva. Une seule idée l'obsédait. Combien de temps avait-il dormi ? Qui était venu, durant son sommeil ?

Un quart d'heure après ce réveil angoissé, Numéro 44 sortit de l'immeuble d'en face. Hadès connaissait bien Numéro 44. Un brave homme.

Un professeur de droit qui, à ses heures de loisirs, s'adonnait à la pêche à la ligne. Hadès poussa un long soupir de soulagement. Il n'y avait rien à redouter de Numéro 44.

Il s'ébroua, alluma une cigarette, ouvrit une boîte de bière, inspecta le Nikon pour vérifier qu'il n'avait pas été endommagé lors de sa chute, effectua quelques réglages en gros plan sur l'entrée du square, la boucherie, la bijouterie. Rassuré, il s'assit de nouveau et but une gorgée de bière. Il jeta un coup d'œil à sa montre : déjà 15 h 30. Allons, se dit-il, encore une heure et demie d'attente, et après, je pourrai me reposer.

18

Martine était morte dans la nuit du lundi au mardi, et la cérémonie funèbre eut lieu dès le mercredi, au Père-Lachaise. Peu de gens y furent conviés. Les parents de Martine, ses beaux-parents, Patrick et Isabelle, deux ou trois autres couples d'amis. Rital vint également, en portant une imposante gerbe de fleurs. Les collègues du service avaient tous cotisé…

Selon sa volonté, Martine fut incinérée. Salarnier était très calme. Il avait toujours détesté les enterrements, les pleurs, la douleur impudique. On emporta le cercueil dans lequel reposait le corps de Martine, et la famille fut invitée à attendre que l'incinération prît fin, dans un salon prévu à cet effet. Une demi-heure plus tard, les employés des Pompes Funèbres revinrent en portant une urne dans laquelle étaient enfermées les cendres. La mère de Martine s'évanouit alors. Patrick prit soin d'elle.

En silence, on porta l'urne jusqu'au colombarium tout proche. Salarnier la déposa lui-même dans un casier, qu'un employé recouvrit d'une plaque de marbre. Elle fut rapidement scellée. Salarnier y avait simplement fait graver : Martine Salarnier. 1951-1986.

À la sortie du cimetière, il se mit à pleuvoir. Les amis et la famille se réfugièrent dans un des cafés qui font face à la grande entrée du cimetière. Patrick et Isabelle entouraient Salarnier. Rital, gêné, salua discrètement et s'éclipsa.

Plus tard dans l'après-midi, Salarnier raccompagna ses beaux-parents à la gare de Lyon. Un train devait les ramener à Grenoble vers 17 heures. Il resta quelques minutes avec eux, sur le quai, et les quitta dès qu'ils furent installés dans leur compartiment. Puis il rentra chez lui, à Gentilly. Il s'assit sur le canapé du salon. Un portrait de Martine, déguisée en Pierrot (un souvenir du bal masqué que Patrick et Isabelle avaient donné pour leur mariage…) ornait un des murs. Salarnier le décrocha et le rangea dans une penderie. Ses beaux-parents avaient déjà fait disparaître toutes les affaires — vêtements, objets de toilette, parfum — qui appartenaient à leur fille.

Le téléphone sonna. Salarnier hésita à décrocher, et se souvint soudain des consignes qu'il avait données à Rital. Il se précipita alors vers le combiné. La voix de Patrick retentit dans l'écouteur.

— Philippe ? dit-il. Qu'est-ce que tu fais ? Ça

va ? N'oublie pas que tu dînes chez nous ce soir, hein ?

La sollicitude de son ami irrita brusquement Salarnier. Il eut envie de l'insulter, de l'envoyer se faire foutre, de lui dire de ravaler sa gentillesse… mais il s'entendit répondre aimablement. Oui, il arrivait.

Cette nuit-là, Salarnier dormit d'un sommeil agité. Il fit un rêve étrange, dont il attribua l'inspiration à la collection de photos rassemblées par Hervé Fabrard.

… Il marchait seul, dans une plaine enneigée. C'était le petit matin : à l'horizon, le disque rouge du soleil se dégageait de la brume. À la lisière d'une forêt toute proche, une armée de squelettes apparut dans un bruit de fanfare. Ils s'avançaient, menaçants, mais Salarnier, d'un bond prodigieux, gagnait le couvert des arbres et avançait dans les sous-bois. Martine était assise dans une clairière, sur une souche, occupée à peindre une aquarelle. Elle lui sourit en tendant la main.

Quand il voulut saisir la feuille posée sur le chevalet, elle prit feu, juste sous ses yeux. Et Salarnier suppliait Martine de lui révéler le sujet de son dessin. Elle secouait la tête, et parlait, dans une langue étrangement chantante, mais incompréhensible.

Il s'éveilla en sursaut, au moment où les squelettes, visiblement mécontents de sa curiosité, revenaient en force. Il était plus de 2 heures.

Salarnier avait mal au crâne. Il avait beaucoup bu, durant la soirée. Il prit un nouveau cachet de somnifère, et, cette fois, dormit d'un sommeil vide.

Le lendemain matin, il se rendit au Quai au milieu de la matinée. Rital dirigeait le travail, avec sa placidité coutumière.

— Alors, demanda Salarnier. Qu'est-ce que ça donne, Fabrard ?

— Pas grand-chose, on a un petit truc, mais faut pas s'affoler…

— Un « truc » ! s'écria Salarnier, qu'est-ce que c'est, un « truc » ?

— Calmez-vous… On a trouvé ça il y a à peine une heure. J'ai demandé le relevé des appels téléphoniques de Fabrard, pour le mois écoulé. On a tout épluché en détail, et on est tombé là dessus.

Rital montrait un numéro entouré d'un trait rouge.

— Qu'est-ce que c'est ?

— Composez-le, vous allez voir, il y a un répondeur…

Salarnier s'empara du combiné et pianota les huit chiffres sur le clavier. Après quelques grésillements, la sonnerie retentit, puis, effectivement un répondeur automatique se mit en marche. Salarnier entendit un air langoureux joué par un saxophone. Une voix féminine, douce et sensuelle, prit le relais.

— Bonjour, vous avez lu l'annonce, dit-elle,

je puis vous accueillir, monsieur, au 38 de la rue Bouchereau, dans le 14e arrondissement, du lundi au vendredi, de 9 h 30 à 17 heures. L'immeuble est moderne et discret. Vous composerez le code, 0158GN, je répète 0158GN, et, si je suis en mesure de vous recevoir, la porte s'ouvrira automatiquement. Dans le cas contraire, n'insistez pas. Je vous attendrai au deuxième étage, il n'y a qu'une seule porte sur le palier. Nous passerons alors un agréable moment ensemble…

Le saxo retentit de nouveau, et après quelques secondes, la communication fut interrompue.

— Qu'est-ce que c'est que ça ? demanda Salarnier.

— Ben, c'est une pute de luxe, tiens donc ! s'esclaffa Rital.

— Merci, j'avais compris. Et alors ?

— Fabrard l'a appelée la veille de sa mort.

— Un peu court, comme piste…

— Exact. Vous savez où est la rue Bouchereau ? Elle débouche dans l'avenue du Maine. D'autre part, j'ai… eu la curiosité de feuilleter cette revue, vous savez, qu'on avait retrouvée dans le bureau de Harville…

— C'est un péché, Rital !

— Oui, sans doute, eh bien, le numéro est dedans… à la rubrique petites annonces.

Salarnier s'avança vers le plan punaisé sur le mur et vérifia l'emplacement de la rue. Il sortit du bureau. Rital lui emboîta le pas. Deux minutes plus tard, ils pénétraient dans les locaux de la Brigade des Mœurs, trois étages en dessous. Salarnier montra le numéro de téléphone à un inspecteur, en demandant s'il y avait dans leur fichier des renseignements le concernant. Ils patientèrent un quart d'heure, puis, l'inspecteur revint avec une fiche à la main.

— Nadine Holereau, prostituée, dit-il. Elle a déjà été contrôlée. En ce moment, c'est la grande mode des petites annonces. On en trouve dans *Pariscope* ou dans ces revues soi-disant confidentielles en vente dans les bons sex-shops...

— Mais encore, à propos de la fille ? insista Salarnier.

— Elle vit à Nogent-sur-Marne. L'appartement de la rue Bouchereau, c'est pour le « boulot »...

Salarnier empocha la fiche et remercia l'inspecteur. Avant de s'en aller, il lui fit une dernière recommandation :

— On vous enverra une note explicative, mais en attendant qu'on vous prévienne, n'allez surtout pas l'emmerder, hein ? Elle nous intéresse.

De retour dans ses locaux, Salarnier demanda à Lazleau, un de ses inspecteurs cinéphiles, de lui prêter le dernier numéro de *Pariscope*. Lazleau fouilla dans ses poches et tendit une revue froissée que Salarnier feuilleta. Les dernières pages étaient pleines d'annonces plus ou moins suspectes, plus ou moins codées. Les instituts de

« relaxation » succédaient aux clubs de rencontre (gratuit pour les dames…) et côtoyaient les pubs de sex-shops, de théâtres pornos, de peep shows… Le dernier gadget à la mode — la conversation téléphonique érotique — occupait à lui seul plusieurs colonnes.

— Qu'est-ce que vous allez faire ? demanda Rital. Vous croyez que c'est une histoire de cul, tout ça ?

— J'en sais rien, Rital, il faut coincer la fille, lui montrer des photos de nos quatre lascars. Si elle les connaît, on avisera…

— Bon, on y va tout de suite ?

— Non, on va aller l'attendre chez elle, à Nogent.

Salarnier rongea son frein jusqu'au soir. Il partit seul avec Rital. Durant tout l'après-midi, il feuilleta, jusqu'à en avoir la nausée, les documents rassemblés par Fabrard.

Nadine Holereau était locataire d'un petit appartement situé dans une résidence coquette, sur les bords de Marne. En planque dans la rue, tout près de l'immeuble, Salarnier et Rital virent passer plusieurs femmes, mais ils ne reconnurent pas Nadine Holereau, dont l'inspecteur leur avait remis une photo. Dans une enveloppe de papier kraft que Rital triturait de ses doigts nerveux, il y avait les portraits de Harville, Voivel, Mesclin et Fabrard. À 18 h 30, Salarnier décréta que l'attente

116

n'avait que trop duré et il descendit de la voiture pour se diriger vers la résidence. Parmi les boîtes aux lettres, il trouva celle de Nadine. Un panneau comportant le nom des locataires le renseigna quant à l'étage. Cinq minutes plus tard, ils sonnaient à une porte, au troisième. On ouvrit; un visage enfantin apparut dans l'entrebâillement du battant retenu par une chaîne de sécurité. La fillette avait une dizaine d'années, des joues bien roses, des yeux rieurs. Elle jouait avec un Goldorak de caoutchouc et, devant l'arrivée des intrus, appela sa mère. Nadine Holereau vint aussitôt. Rital la dévisagea. Elle était très belle; une épaisse chevelure brune encadrait son visage fin, d'un ovale délicat, aux yeux bleu sombre.

— Nadine Holereau? demanda Salarnier.

Il exhiba sa carte en l'inclinant de telle sorte que la gamine ne la voie pas. Nadine décrocha la chaîne de sécurité.

— Ne vous inquiétez pas, dit Rital, nous venons pour une enquête de routine.

— Qui t'es, toi? demanda la fillette.

— Ce sont… des gens de la mairie! dit Nadine.

Salarnier fronça les sourcils en direction de Rital: il lui montrait la gamine.

— Oui, dit-il, on est de la mairie, et mon copain, c'est un fana de Goldorak, tu dois en avoir, des trucs à lui montrer, dans ta chambre, non?

Rital disparut dans le couloir, avec la petite,

tandis que Salarnier s'installait dans le salon. Il dévisagea Nadine, la trouva plus que séduisante. Il s'assit dans un fauteuil, face au téléviseur éteint.

— Pas de panique, dit-il, nous n'appartenons pas aux Mœurs…

Nadine soutint son regard puis s'assit elle aussi. Son regard hésitait entre la crainte et l'hostilité.

— Voilà, dit Salarnier, je vais tout de suite vous dire que nous ne venons pas vous ennuyer à cause de votre, heu, travail… hein, c'est bien compris ? Votre studio de la rue Bouchereau, vous l'utilisez depuis combien de temps ?

— Un an… murmura Nadine.

Elle tendit la main vers un petit meuble bas et sortit une bouteille de whisky et un verre qu'elle posa devant le commissaire. Salarnier soupira. La conduite de Nadine en disait long sur les habitudes de la Brigade des Mœurs. Il se servit néanmoins, but une rasade.

— Nous pensons, reprit-il, enfin, nous avons certaines raisons de penser que des meurtres ont été commis, des meurtres qui ne seraient pas sans rapport avec vous…

Nadine ferma les yeux et ses mains se mirent à trembler.

— Je vis ici, tranquillement, avec ma fille, balbutia-t-elle, et je ne voudrais surtout pas que…

— Ne vous inquiétez pas ! interrompit Salarnier.

118

Il ouvrit l'enveloppe de papier kraft et sortit les clichés qu'il présenta à Nadine.

— Les connaissez-vous ? demanda-t-il.

Elle examina les photos.

— Oui… murmura-t-elle.

— Bien… s'écria Salarnier. Ce sont des…

— Des clients, oui…

— Parfait. Dites-moi, vous ne lisez jamais les journaux ? Vous n'avez pas lu ce reportage concernant un cadavre décapité retrouvé dans les Buttes-Chaumont ?

— Non, dit Nadine, je ne m'intéresse pas à tout cela…

Salarnier hocha la tête. L'ignorance de la jeune femme ne le surprit pas.

Pour les deux premiers décapités, il n'y avait eu que quelques entrefilets. En ce qui concernait Harville, il s'était lui-même débrouillé pour que la presse soit tenue à l'écart, et la relation du meurtre de Fabrard était toute récente.

— Alors, vous les connaissez, tous les quatre, je suppose ?

Nadine ferma de nouveau les yeux. Salarnier vida son verre, satisfait.

— Ils ont été tués, poursuivit-il. Tous les quatre. Qu'est-ce que vous pouvez me dire à leur sujet ?

Nadine bredouilla tout d'abord quelques paroles incompréhensibles, puis elle se reprit.

— Qu'est-ce que vous vous imaginez ?

demanda-t-elle d'un ton rogue, qu'ils viennent me voir pour me raconter leur vie? Pour mes beaux yeux? Je ne les connais pas… même pas leur nom. Ils viennent… enfin, ils venaient assez régulièrement, sauf le dernier, je ne l'ai vu qu'une seule fois !

— Je comprends, admit Salarnier, je suis désolé, mais je crois que nous allons vous demander de nous accompagner. C'est votre fille, n'est-ce pas? dit-il en désignant la porte de la chambre dans laquelle Rital jouait à Goldorak.

— Je vous en prie, supplia Nadine, elle n'est pas au courant…

— Je l'espère… murmura Salarnier. Vous ne pouvez pas la faire garder, pour ce soir?

Nadine sécha les larmes qui coulaient sur ses joues blêmes et décrocha le téléphone. Salarnier comprit qu'elle appelait une voisine. Elle inventait une crise cardiaque d'un grand-père, l'urgence d'un départ en proche province…

— La voisine accepte de me dépanner, mais il faut que je sois de retour demain dans l'après-midi, dit-elle.

— A priori, il n'y aura pas de problème, répondit Salarnier, mais je préfère ne pas vous mentir : ce sera peut-être plus long… Enfin, nous verrons bien, à ce moment-là.

Une vingtaine de minutes plus tard, Nadine Holereau montait dans la voiture de Salarnier. Rital conduisit vite, jusqu'à Paris. Il faisait déjà nuit quand ils arrivèrent au Quai. Salarnier installa la jeune femme dans son bureau et lui proposa un café, qu'elle refusa.

— Voilà, dit-il, ces quatre types dont je vous ai montré les photos, vous savez comment ils ont été tués ? Non ? À coups de faux… On leur a tranché la tête, à coups de faux, vous vous rendez compte ?

— Mais je n'y suis pour rien, protesta Nadine, qu'est-ce que vous croyez, que c'est moi qui ai fait ça ? Vous êtes dingue ?

— Non, je ne pense pas que vous y soyez pour quelque chose, ricana Salarnier, on n'a jamais vu un commerçant assassiner ses clients, pas vrai, Rital ?

— Alors, vous voyez bien… soupira Nadine.

— Oui, reprit Salarnier, le problème, c'est que le seul lien qu'on ait pu établir entre eux quatre…

— Les quatre sans cou ! lança Rital.

— Entre eux quatre, poursuivit Salarnier en secouant la tête, le seul lien, c'est vous… Alors, vous voyez bien ?

Et Salarnier entama un interrogatoire en règle, en repartant de zéro, tandis que Rital, embusqué derrière une vieille machine à écrire, tapait le compte rendu.

— Vous allez me donner les noms de ces types, vos « clients », ceux que vous connaissez, du moins.

— Mais je ne les connais pas… balbutia Nadine.

— Au moins certains… insista Salarnier.

Elle finit par lâcher quelques noms. Des renseignements fragmentaires concernant leur profession s'ajoutèrent au rapport.

— Et parmi tous ces gens, il n'y en a aucun qui vous semble bizarre, enfin, ce n'est pas le mot qui convient mais peut-être me comprenez vous…

— Bizarre ? Non, je ne vois pas.

— Je ne vous demande pas de détails sur leurs petites manies sexuelles, mais, l'un d'eux vous fait-il peur, par exemple ?

— Non ! ils trouvent mon adresse par annonce et viennent assez régulièrement. S'il y en avait un qui me déplaisait, je ne lui ouvrirais pas la porte, voilà tout.

Et les questions se succédèrent sans que Salarnier parvienne à dégager un élément intéressant. À 21 heures, il fit monter des plateaux repas. Nadine mangea calmement. Salarnier relut les feuillets que Rital avait dactylographiés. Nadine ne lui était pas antipathique. Elle faisait de son mieux pour l'aider et il imaginait aisément l'inconfort de sa situation. Elle demanda à téléphoner à sa fille, pour la rassurer.

— Dites-moi, demanda Salarnier, quand elle

eut terminé, l'un de vos clients vous parle-t-il de la mort ?

— De la mort ? Vous croyez qu'ils me parlent de la mort ?

— C'est le second point commun entre les quatre assassinats. Le premier tenait un commerce de Pompes Funèbres, le second gérait les cimetières de la Ville, le troisième était médecin légiste, quant au quatrième, il était réalisateur à la télé, mais il a eu la mauvaise idée de préparer un documentaire sur la mort. C'est plus qu'un hasard, vous ne trouvez pas ? Enfin, je m'imagine qu'il s'agit d'autre chose que d'un hasard.

— Il est complètement ravagé, votre type… murmura Nadine.

— Je vous l'accorde, en effet.

Ils parlèrent jusque tard dans la nuit, sans avancer. Salarnier devait prendre une décision.

— Écoutez, dit-il, j'ai besoin de votre aide, et vous allez me la donner, sinon, nous vous causerons les pires emmerdements. Demain, et dans les jours qui viennent, vous irez « travailler » tout à fait normalement. Enfin, vous essaierez. Et nous, nous allons mettre en place une petite surveillance, devant l'immeuble de la rue Bouchereau. D'accord ?

Nadine acquiesça. Rital bâillait à s'en décrocher la mâchoire.

— Et, de temps en temps, reprit Salarnier, un de mes inspecteurs viendra jouer le rôle du client. M. Rital, notamment, que vous voyez ici.

Rital sursauta. Le rouge lui monta aux joues. Il s'apprêtait à protester quand Salarnier lui demanda de raccompagner Nadine jusque chez elle, à Nogent.

Dès qu'ils eurent quitté le bureau, Salarnier appela les inspecteurs de permanence. Lazleau lisait les *Cahiers du Cinéma* dans la salle voisine.

— Amène-toi ! ordonna Salarnier. Tu vas passer la nuit à Nogent. Voilà l'adresse. Tu as vu la fille, tout à l'heure ? Bon, demain matin, elle doit sortir de chez elle, et venir dans le quatorzième, rue Bouchereau, au numéro 38. En route ! Tu ne la quittes pas des yeux et surtout, tu ne te fais pas repérer, il faut qu'elle ait confiance en nous. Je ne crois pas qu'elle prépare une entourloupe, mais on ne sait jamais. Arrivé rue Bouchereau, tu te tires sans insister. On prendra le relais. Au moindre incident, tu m'appelles, je serai sur la fréquence.

Salarnier mit en alerte une autre équipe qui devait prendre place dans une camionnette banalisée, devant l'immeuble où Nadine officiait. Puis il quitta le Quai. Quelques bars étaient encore ouverts, place Saint-Michel. Il pénétra dans une brasserie et commanda un cognac. Des zonards esseulés, ainsi que quelques couples illégitimes qui se tripotaient sans vergogne, peuplaient l'endroit. Et ces amours semblaient si misérables que Salarnier n'eut pas honte de sa solitude.

Vers 4 heures, il regagna le Quai et s'endormit dans un fauteuil. Son rêve vint le visiter, de nouveau. Cette fois, il fut plus décousu. Le chevalet gisait, renversé dans la clairière, d'où Martine s'était enfuie. Mais Salarnier était heureux ; elle lui avait laissé un message : l'aquarelle dont il comprenait maintenant la signification.

Il s'éveilla en sursaut à 8 heures, dérangé par des éclats de voix provenant du bureau voisin. Les images du rêve s'étaient estompées, il ne parvint pas à se souvenir du dessin de Martine, et il en souffrit. Il descendit déjeuner place du Châtelet. La fatigue l'avait quitté, mais ses joues creuses, couvertes de barbe, donnaient à son visage un aspect ténébreux.

19

Hadès prit sa faction, comme tous les jours. La rue était désespérément calme. Lola arriva. Elle pénétra dans l'immeuble, près du square. Hadès ferma les yeux. Il imagina le lit aux draps de satin blanc, la coiffeuse, et sourit en songeant à ce corps si doux, et, les yeux clos, murmura : «l'oasis où je rêve et la gourde où je hume à longs traits le vin du souvenir»…

Mais il ne fallait pas rêver. Il devait protéger Lola. Il lui avait parlé, durant la nuit, au manoir. Elle dormait et Hadès était venu la déranger. Il brûlait de l'envie de lui raconter l'élimination du Numéro 56. Cela n'intéressait nullement Lola, la mort de Numéro 56. Elle dormait, insouciante, ignorante du danger.

À 10 heures, une camionnette se gara devant la bijouterie. Un plombier en visite, à en croire le placard apposé contre la carrosserie.

Salarnier était installé avec Rital dans une voiture de service, à quelques dizaines de mètres de là, au carrefour de l'avenue du Maine. Ils étaient en communication radio permanente avec la camionnette banalisée, garée devant le 38 de la rue Bouchereau... Par ailleurs, un étudiant des Beaux-Arts, équipé d'une boîte de pastels et de grandes feuilles de papier à dessin, méditait dans le square. De temps à autre, il traçait un vague trait en effleurant du bout des doigts l'émetteur rangé parmi les couleurs. Deux autres équipes étaient en planque le long de l'avenue.

À 10 h 30, Numéro 26 se présenta devant le 38 et composa le code. La porte s'ouvrit. Hadès soupira. Numéro 26 était cadre, aux PTT. Rien à craindre de ce petit homme si tranquille.

L'émetteur radio grésilla. Les inspecteurs dissimulés dans la camionnette annoncèrent la sortie du «visiteur». Il s'avançait vers l'avenue. Salarnier appela son équipe de garde au carrefour.

— Un type assez petit, la cinquantaine, il porte un loden avec une martingale, un petit chapeau vert, vous le voyez? Vous me l'interceptez en douceur...

Ce qui fut fait.

D'autres visiteurs suivirent, si bien qu'à 15 h 30, Salarnier avait fait coffrer un paisible receveur des postes, un prof de gym, un aiguilleur du ciel… Ils avaient été conduits au Quai où on les interrogerait le moment venu. Salarnier savait par le canal radio qu'ils n'avaient pas protesté, excepté le prof de gym, qui se montrait assez belliqueux.

Hadès bâilla. La journée avait été bien maussade. Numéro 12, Numéro 41, Numéro 19 étaient venus. Il alluma une cigarette et s'étira dans son fauteuil. Il ressentit une vive douleur au mollet droit, mais ne s'en inquiéta pas : tous les ans, à la même époque, sa vieille sciatique venait le relancer.

Salarnier attendait toujours. Rital, à ses côtés, se rongeait les ongles nerveusement.

— Bon, à ton tour, maintenant ! dit Salarnier.

L'inspecteur pâlit brusquement. Il enfouit son visage dans un large mouchoir à carreaux et se moucha bruyamment.

— Allez, grouille !

— Qu'est-ce qu'il faut pas faire, quand même… bougonna Rital.

— Alors, t'as compris ? Tu te balades dans la rue en prenant des airs de conspirateur, tu traînes devant l'entrée du 38 et tu composes le code. Tu prends ton temps, tu discutes le coup avec Nadine, et tu redescends au bout d'un bon quart d'heure.

— Et après ?

— Après, tu marches, et tu te diriges vers Montparnasse. Si quelqu'un te suit, on le repérera vite, crois-moi…

Hadès scrutait toujours la rue déserte. Un petit maigrichon, vêtu d'un costume fripé, passa devant chez Lola. Il s'arrêta devant la vitrine du bijoutier, observa les pendules présentées en devanture, fit demi-tour, piétina à l'entrée du square et, enfin, se décida à composer le code, au 38.

Avant que la porte ne s'ouvre, Hadès prit quelques portraits du visage chafouin du nouveau venu. Qui était-il? Il était encore trop tôt pour le dire. Hadès posa son Nikon sur la table de chevet et se prépara pour la filature.

— Tout est O.K. pour le moment, Rital est chez la belle, annonça le peintre amateur qui luttait contre l'onglée, dans le square.

Les inspecteurs qui suaient sang et eau dans l'habitacle à l'atmosphère confinée de la camionnette confirmèrent les dires de leur collègue. Salarnier était seul dans sa voiture. Il tripota le curseur de fréquence, mais ses hommes restaient muets.

Rital attendait, dans le studio de Nadine. Il s'assit sur le bord du lit, caressa d'une main distraite le drap de satin. Nadine fumait, assise devant sa coiffeuse. Elle était vêtue d'un boubou coloré et Rital ne put s'empêcher de lorgner vers ses seins.

— Vous croyez que ça va marcher ? demanda-t-elle.

— Oh la la… C'est trop tôt pour le dire. Mais fatalement, le type, le fou à la faux, il vous épie, pour repérer ceux de vos clients qui ne lui conviennent pas, sans doute, alors…

Rital triturait le bout de sa cravate et fixait ses chaussures sans oser lever les yeux vers Nadine. Elle marchait à présent de long en large, en serrant les poings.

Brusquement, elle regarda la pendule à quartz.

— Ça fait vingt minutes, dit-elle, vous pouvez sortir !

— Ah bon ? Bon, alors j'y vais…

Rital sortit de l'immeuble. Un vent sournois, qui s'engouffrait dans la brèche que formait le square, le fit frissonner. Il marcha en direction de l'avenue.

— L'ami Rital sort de chez la belle ! annonça l'équipe de la camionnette, il est tout rouge…

— Pas de déconnade ! cria Salarnier dans son micro, la rue, observez la rue, bon sang…

— On fait que ça, répliqua une voix, hachurée par les parasites. Une mémère promène son chien, un type pousse une moto, le boucher range sa barbaque dans la vitrine…

Salarnier attendit quelques instants. Les parasites allaient en s'amplifiant. Une compagnie d'ambulances vint même troubler la fréquence, en lançant un appel. Salarnier s'énervait.

— Allez, tout le monde à pied, derrière Rital, vite! ordonna-t-il.

Le battant arrière de la camionnette s'ouvrit et deux ouvriers en bleu de travail en descendirent. Le peintre du square plia brusquement son attirail, en abandonnant quelques crayons tombés sur le gravier. Rital s'avançait sur l'avenue du Maine.

Hadès poussa un juron. Numéro 57, à n'en pas douter, appartenait à l'espèce honnie des «piétons». Il était bien capable d'errer de longues heures durant, avant de regagner son logis, et, qui sait, de s'attabler devant le repas préparé par une épouse soumise. À moins que Numéro 57 ne soit un célibataire? Comme Numéro 37, Numéro 21 ou Numéro 23? Auquel cas il pourrait traîner toute la soirée, aller au restaurant, au cinéma, avant de rentrer au bercail…

Hadès abandonna sa moto sur le trottoir de l'avenue du Maine. La silhouette de Numéro 57 s'éloignait déjà. Hadès pressa le pas. En face, sur l'autre trottoir, il apercevait Numéro 57, qui se dirigeait vers la gare. Il y avait pire que les piétons : les banlieusards…

— Ici Rital, ici Rital, vous me recevez? Quoi de neuf?

L'inspecteur avait incliné la tête pour articuler ces quelques mots bien en face du petit émetteur qu'il portait au revers de sa veste.

— Rien pour le moment, répondit Salarnier, ne t'inquiète pas, on est avec toi… Change de trottoir et éloigne-toi des abords de la gare, il y a trop de monde, par ici.

Rital obtempéra aussitôt. Il traversa la chaussée et se dirigea vers l'avenue Edgar Quinet, qu'il remonta en direction de Raspail. Toute l'équipe de Salarnier, dispersée, lui emboîta le pas.

— Hé, dit soudain l'ex-peintre du square, regardez le type, là, devant le restaurant chinois, la soixantaine, cheveux blancs, blouson de cuir… il était rue Bouchereau il y a cinq minutes, il poussait une moto…

Salarnier reçut très mal le message, mais en comprit tout le sens. Il demanda confirmation de cette information à ses adjoints et l'obtint sans tarder. Rital s'approchait à présent de la station de métro Edgar Quinet.

— Rital, Rital, tu me reçois ? demanda Salarnier. Tu vas descendre dans la bouche, et tu remontes aussitôt pour aller acheter un journal au kiosque devant le tabac, reçu ?

Le commissaire n'entendit pas la réponse mais il se rassura en voyant l'inspecteur descendre les escaliers.

— Le type au blouson de cuir, il descend

132

aussi… dit l'ex-peintre. Et il remonte derrière Rital…

— Rital, continue à pied ! s'écria Salarnier, vers Raspail, tout droit, le long du cimetière !

Salarnier aperçut l'homme au blouson qui hésita quelques secondes, avant de prendre la nouvelle direction.

— Tout le monde se rapproche ! dit Salarnier, on va le cueillir au coin de la rue Huyghens…

Et les hommes de Salarnier pressèrent le pas, sans courir pour autant. Ils se rapprochèrent peu à peu de leur cible, cet homme d'une soixantaine d'années, au visage lacéré de rides profondes, surmonté d'une épaisse chevelure grise. Rital, les mains dans les poches, marchait, imperturbablement. Il dépassait la rue Huyghens quand Salarnier donna, au micro, l'ordre de « serrer » l'inconnu.

Mais, alors que la manœuvre d'encerclement démarrait, un mouvement de foule soudain troubla la quiétude de la rue. Un groupe de collégiennes affolées — provenant du lycée tout proche — fit irruption sur le boulevard, bientôt suivi par une escouade de femmes au visage masqué par un tchador… Il y eut une explosion et un nuage de fumée s'éleva aussitôt. Salarnier ne tarda pas à reconnaître le parfum caractéristique des gaz lacrymogènes.

— Qu'est-ce que c'est que ce cirque ? cria-t-il.

Il avait rejoint les deux inspecteurs qui, durant toute la journée, s'étaient mis en planque dans la camionnette banalisée. Un peloton de CRS jouait de la matraque sur le dos de quelques gaillards munis de pancartes hostiles à Khomeiny.

— Ils se battent entre eux, expliqua un inspecteur, en toussant sous l'effet des gaz, ils faisaient une manif sur le boulevard Montparnasse...

Le terre-plein du boulevard Edgar Quinet était à présent envahi par les manifestants en proie à la panique.

En tordant le cou, Salarnier aperçut au loin la silhouette de Rital qui semblait désemparé. L'inconnu aux cheveux gris s'éloignait à grands pas.

— À toi, Rital ! hurla Salarnier dans son micro.

L'inspecteur dégaina son arme et le pointa vers l'inconnu. Salarnier et ses adjoints en étaient réduits à observer la scène à distance, le boulevard étant barré par les CRS. Salarnier brandit sa carte barrée de tricolore et s'élança, mais il progressait à grand-peine, entravé dans sa course par les manifestants qui continuaient de crier des slogans.

Rital, le revolver à la main, avançait vers l'inconnu, qui s'était immobilisé. Rital montrait son brassard rouge, qu'il venait de sortir d'une de ses poches.

— Halte ! ne bougez plus, levez les mains en l'air ! cria-t-il.

Hadès plissa les yeux et dévisagea ce petit flic qui avançait vers lui. Il n'y avait pas de Numéro 57, il n'y avait qu'un piège. Un piège que l'on avait soigneusement mis en place pour l'arrêter, lui, Hadès.

À quelques mètres de là, il vit le dos des CRS qui repoussaient les manifestants, sans ménagement. Et cet homme qui levait sa carte à bout de bras, et dégainait, lui aussi. Hadès n'attendit pas. Le petit flic s'était approché de lui. Hadès leva les mains en l'air, conciliant, et, d'une brusque détente du pied droit, frappa au visage le soi-disant Numéro 57.

Salarnier, les larmes aux yeux, vit le petit Rital, tremblant, tenir en joue l'inconnu. Il toussa sous l'effet des gaz et fit encore quelques pas. À demi aveuglé, il ferma les yeux pour calmer la brûlure. Quand il les rouvrit, il aperçut Rital, le visage en sang, allongé sur la chaussée.

20

Nadine Holereau rentra chez elle sous la protection de l'inspecteur Lazleau, comme l'avait prescrit Salarnier. Lazleau la raccompagna en voiture jusqu'à Nogent et se gara face à la résidence. Nadine l'abandonna pour regagner son domicile. Lazleau était en contact radio avec Salarnier, qui le mit au courant des dernières péripéties de l'après-midi.

— Tu lui fous la paix, dit Salarnier, tu restes devant chez elle… On te relaiera en fin de soirée. Si tu vois un grand type d'une soixantaine d'années, avec des cheveux blancs, très frisés, s'approcher, tu montes tout de suite chez la fille…

— Vous pouvez pas préciser le signalement ? demanda Lazleau, inquiet.

— Il portait un blouson de cuir, mais il a pu changer de vêtements. Il circule en moto, méfie-toi, il est malin…

— Un type aux cheveux blancs, la soixantaine, reprit Lazleau, je risque de tabasser n'importe quel grand-père…

— Ne te gêne pas, tout le monde a le droit de se tromper…

Nadine ferma soigneusement la porte de son appartement. Elle se démaquilla dans la salle de bains et passa un tailleur sombre. Elle était angoissée, mais la présence de Lazleau la rassurait un peu. Et puis ce Salarnier était bien un flic, mais elle ne le rangeait pas dans la catégorie des salauds.

Elle s'apprêtait à sortir de nouveau pour aller chercher sa fille, qu'une nourrice gardait, après l'école, quand la sonnerie du téléphone retentit.

Elle décrocha le combiné d'une main tremblante. Une voix qui lui parut lointaine retentit dans l'écouteur.

— Nadine Holereau? demanda-t-on, êtes-vous seule?

— Oui… dit-elle, dans un souffle.

— Ne mentez pas, je sais que vous êtes sous la protection de la police… Êtes-vous seule?

— Oui! répéta-t-elle, il… il y a quelqu'un qui surveille la rue, mais ici, je suis seule…

— Parfait, je veux vous voir…

Nadine écoutait, tendue, cet homme qui, elle en était certaine, avait tué quatre fois. Le timbre était grave, mais c'était une voix cassée, usée par l'abus de tabac. Elle ferma les yeux, et, dans un élan irraisonné, qu'elle regretta aussitôt, elle murmura :

— *N'es-tu pas l'oasis où je rêve, et la gourde
Où je hume à longs traits le vin du souvenir ?*

Il y eut un long silence. Et la voix répéta :

— … à longs traits le vin du souvenir… vous savez à présent. Il faut que je vous voie. N'ayez pas peur, je ne vous veux aucun mal, c'est à tous ces salauds que… Mais, vous, vous me voulez du mal, n'est-ce pas ?

Nadine réprima à grand-peine les sanglots qui montaient dans sa gorge.

— Moi, dit-elle, je ne vous veux aucun mal, aucun, voyons, pourquoi je ne…

— Nous parlerons, venez. Vous allez venir me voir, mais ne croyez pas que je sois naïf : si vous voulez qu'il n'arrive rien à votre petite fille…

Nadine, cette fois, ne put retenir ses larmes. À l'autre bout de la ligne, Hadès s'irrita.

— Ne vous inquiétez pas… C'est vous que je veux. Venez et je la laisserai partir. Vous allez sortir par les jardins de votre immeuble. Il y a un muret à enjamber… Voilà où vous devez vous rendre…

Après que son interlocuteur eut raccroché, Nadine resta hébétée, le combiné à la main. La tonalité la fit sursauter. Elle composa le numéro de la nourrice qui gardait sa fille, après l'école.

Il ne servait à rien de se mettre en colère contre

cette pauvre femme. Un monsieur, qui s'était présenté comme le patron de Nadine, avait téléphoné pour prévenir que celle-ci rentrerait plus tard ce soir en raison d'un surcroît de travail inopiné : la petite pouvait rentrer seule chez elle, la voisine s'occuperait d'elle en attendant le retour de Mme Holereau. Et la gosse avait pris son cartable, en écoutant les recommandations de la nourrice : surtout ne pas traverser en dehors des clous, ne pas traîner dans la rue… Après tout, elle avait dix ans, à cet âge, on sait se débrouiller seul…

Nadine sécha ses larmes. Elle écarta légèrement le double rideau du living et aperçut l'inspecteur Lazleau qui se morfondait dans sa voiture.

Il fallait obéir. Ce type connaissait tout d'elle : son adresse, les habitudes de sa fille, jusqu'à ce muret, dans le jardin de la résidence, qui donnait sur une courette d'où l'on pouvait gagner la rue voisine…

Nadine descendit les escaliers, traversa le jardin et, en s'aidant d'une échelle que le gardien laissait traîner avec ses outils de jardinage, dans une petite remise, elle passa de l'autre côté du mur, sans se soucier de la locataire du quatrième, qui arrosait ses géraniums sur la terrasse.

Ses hauts talons s'enfoncèrent dans les rainures qui séparaient les gros pavés de la courette voisine. Peu après, elle sortait dans la rue, et d'un pas rapide, s'éloigna du pâté de maisons.

Ce furent les CRS qui se chargèrent d'emmener Rital à la maison de santé des Gardiens de la Paix. Sa mâchoire inférieure s'était fracturée sous le choc du coup de pied qu'il avait reçu. Salarnier, furieux, rassembla sa petite équipe. Ils regagnèrent à pied les voitures qu'ils avaient abandonnées avenue du Maine.

Salarnier appela immédiatement Lazleau pour s'assurer que Nadine Holereau était sous sa garde…

— Et maintenant ? Qu'est-ce qu'on fait ? demanda un des inspecteurs déguisé en plombier.

— À ton avis ? soupira Salarnier.

— Le type a une planque rue Bouchereau, il observait la nénette à la jumelle… Un mateur !

Salarnier réfléchit quelques instants. Il arracha d'un coup de dent rageur une rognure d'ongle qui saillait à son pouce droit.

— Un mateur ? dit-il. Non, l'intérieur de l'appartement de la fille n'est pas visible de l'extérieur, tu as vu, il y a des rideaux épais.

— Ouais… admit l'inspecteur. En tout cas, il était bien placé pour repérer les allées et venues des clients de Nadine ! En face de l'immeuble, probablement, il doit avoir une piaule du côté impair de la rue.

Salarnier saisit son micro et demanda qu'on lui envoie en renfort une demi-douzaine d'inspecteurs.

— On va s'y mettre, expliqua-t-il. On prend comme point de départ le 41, c'est juste en face du 38, et on élargit de chaque côté : le 39, le 43, le 37, le 45 et ainsi de suite. S'il a une piaule, comme tu dis, on va la trouver.

Dans l'heure qui suivit, l'équipe se présenta aux concierges des immeubles concernés…

Salarnier se chargea lui-même du 41. La liste des locataires en main, il monta au dernier étage. Il y avait un cabinet de radiologue au troisième, un avocat au cinquième. Sous les combles, il se fit ouvrir une à une les chambres de bonne, et dérangea ainsi une étudiante en droit, un couple d'homosexuels, un retraité de la SNCF. Tous les locataires habitaient l'immeuble depuis plus de deux ans ; et Nadine s'était installée dans son studio dans l'année qui précédait.

Il répéta l'opération au 45, avec le renfort des troupes fraîches débarquées du Quai. Au bout d'une demi-heure, ils aboutirent à la même conclusion. Salarnier remercia la gardienne, une Portugaise à l'accent chuintant, quand un de ses adjoints le retrouva sur le trottoir.

— On a fait le 43, annonça-t-il, ballepeau, tout semble réglo, mais au 39, il y a un studio, au deuxième, loué à un certain M. Hadès. Le concierge n'a pas les clés : le type ne couche jamais là, paraît-il, il arrive tous les matins vers neuf heures, et passe la journée avant de partir, vers dix-huit heures. Il a une moto…

— Son nom, comment tu dis ?

— Hadès, achadé-eu-esse.

— Hadès, murmura Salarnier, émerveillé. Si c'est ça, il est complètement sonné…

Ses souvenirs du lycée lui revinrent en mémoire, dans une bouffée confuse, le Styx, le Léthé, le chien aux trois têtes dont il avait oublié le nom. Mais non : Cerbère ! Et le maître de l'Empire des Morts : Hadès…

— Va me chercher un serrurier, dit doucement Salarnier, dépêche-toi.

L'inspecteur tourna les talons et pénétra dans un bistrot du coin de la rue. Il en ressortit cinq minutes plus tard.

— J'en ai trouvé un rue Raymond-Losserand, dit-il, il arrive tout de suite…

Salarnier pénétra dans l'immeuble du numéro 39 et s'arrêta devant la porte de droite, au palier du deuxième étage. Une fenêtre donnait sur la rue. De cet endroit, la vue sur le hall du 38 était parfaite. Il entendit bientôt un bruit de pas dans l'escalier et se pencha au-dessus de la rampe. Un type qui portait en bandoulière une sacoche de cuir montait les marches en soufflant bruyamment.

— Ouvrez-moi ça, dit Salarnier après lui avoir serré la main.

— En principe, y faut un papier, bougonna le serrurier en lâchant sa sacoche.

— On verra plus tard, ne vous en faites pas, expliqua Salarnier. Allez, vite !

L'ouvrier examina la serrure, puis fouilla dans ses outils pour brandir bientôt un ustensile étrange.

— À la télé, ricana-t-il, les flics enfoncent les portes d'un coup d'épaule…

— Je sais, répliqua Salarnier, et les pneus des bagnoles crissent dans les virages, on tire des coups de flingue toutes les cinq minutes…

Il dut attendre. Le serrurier se livrait à de patientes manipulations avec son outil, qui ressemblait à un couteau suisse. La porte céda enfin.

— Ça pue le renfermé, murmura Salarnier en pénétrant dans le studio.

Il chercha à tâtons le commutateur et le trouva enfin : il faillît s'électrocuter. La prise pendait au bout des fils et un bricolage de prises multiples encastrées les unes dans les autres était scotché contre la baguette de protection…

La lumière jaillit enfin et Salarnier cligna des yeux.

— Nom de Dieu… s'écria-t-il en découvrant la galerie de portraits qui tapissaient les murs.

Ils étaient alignés en rang d'oignon, et un numéro d'ordre, tracé au feutre à même le papier peint défraîchi, accompagnait chacun d'eux.

Il y avait quatre trous : les numéros 28, 42, 52 et 56. Salarnier les vit, punaisés sur un autre mur, près du lit. Il poussa la touche « on » du magnétoscope et la bande se dévida : Rital apparut sur l'écran, piétinant devant la bijouterie, avant de composer le code de l'immeuble où l'attendait Nadine.

Salarnier s'assit sur le lit, en poussant un long soupir. Du bout du pied, il fit rouler une canette de bière vide.

— Les photos, dit-il, vous m'emballez tout ça. Faites venir le labo, pour les empreintes, les cassettes vidéo, là, on les embarque aussi…

Il se prit le visage dans les mains et ferma les yeux. Il tenta de faire le vide dans son esprit, mais ne put chasser une image qui l'avait obsédé durant tout l'après-midi : les mains de l'employé des Pompes Funèbres, qui posaient dans la loge murale du colombarium l'urne contenant les cendres de Martine.

Il prit une profonde inspiration, ouvrit les yeux et se tourna vers les quatre portraits séparés de la série : ceux de Voivel, Harville, Mesclin et Fabrard.

Puis il se leva et descendit jusqu'à la loge du concierge. Il y avait un petit attroupement de curieux, dans la rue. Des locataires voulaient rentrer chez eux, mais, pour le moment, les inspecteurs leur bloquaient le passage. C'était stupide. Salarnier leur donna l'ordre de laisser passer.

— Ce M. Hadès, demanda-t-il au gardien, que savez-vous de lui ?

— Rien, moi, je m'occupe pas des gens… Il arrive tous les matins, et repart tous les soirs, c'est tout ce que je peux vous dire.

— Le studio, à qui appartient-il ?

— C'est une agence qui loue tout ça, moi, je peux rien vous dire.

Le gardien tendait un bristol. Salarnier le lut.

Agence Promotec/153 rue Raymond-Losserand/Vente-location tous arrondissements. Salarnier s'y rendit aussitôt, tandis que ses adjoints attendaient l'arrivée de leurs collègues du laboratoire.

L'agence Promotec n'était pas une de ces affaires dans laquelle on place ses économies : le mobilier semblait rescapé d'une mise au rebut d'un quelconque ministère, et les cartons jaunis, tapissés de poussière, qui garnissaient la vitrine ne proposaient que des chambres de bonne, des deux-pièces de 25 mètres carrés au huitième sans ascenseur... Une hôtesse martiniquaise, qui jurait dans ce décor fade, accueillit le commissaire avec un large sourire. Il demanda à voir le responsable et un petit homme myope et frêle le pria d'entrer dans un bureau minuscule, encombré de dossiers.

— Hadès... 39 rue Bouchereau, dit simplement Salarnier.

Le gérant bredouilla quelques mots inintelligibles et brassa une pile de chemises. Des feuillets de papier pelure s'en échappèrent. Après deux minutes de recherche fébrile, Salarnier put examiner le contrat de location. Une photocopie de carte d'identité accompagnait le bail.

Salarnier examina la photo : la reproduction était mauvaise, mais faute de mieux...

— Quel effet il vous a fait, ce type ? demanda-t-il.

— Rien, rien du tout… il était très pressé, il disait qu'il était à la rue. Je ne voulais pas mettre en location le studio, pour y faire effectuer des travaux, mais il insistait tellement…

— Répondez franchement : il vous a donné un dessous-de-table ?

Le gérant rougit violemment. Il se racla la gorge. Le flic était sans doute au courant.

— Oui, balbutia-t-il, d… deux millions de francs, enfin, d'anciens francs, évidemment. Les affaires sont difficiles, en ce moment, la situation de l'immobilier…

— Allez, ça va, pas de jérémiades ! s'écria Salarnier. On vous convoquera plus tard, vous n'avez pas d'autres papiers, concernant Hadès ?

— Non… Enfin, d'habitude… Ce monsieur m'a semblé très correct, alors, je ne me suis pas méfié…

— Vous auriez dû… soupira Salarnier.

Il examina la photocopie de la carte. Elle était fausse, sans aucun doute. Personne ne s'appelle Hadès, personne.

— Et ça ne vous a pas surpris, ce nom, Hadès ? demanda-t-il encore.

Le gérant de Promotec le dévisagea d'un air pitoyable. Salarnier renonça à le torturer davantage. Il sortit et monta dans sa voiture.

21

Hadès marchait, en tenant la fillette par la main. Ils approchèrent d'une fête foraine, dont les manèges étaient installés sur le terre-plein qui surplombe le bassin de l'Arsenal, place de la Bastille.

La fillette tenait la poupée que lui avait offerte le monsieur dans ses bras. Le monsieur travaillait avec Maman, et ce soir, elle rentrerait plus tard que d'habitude ; alors, au lieu d'aller s'ennuyer chez la voisine, c'était plus rigolo de venir ici, jouer aux manèges.

Hadès l'installa dans un petit carrosse en forme de cygne, placé entre un Dingo sur le dos duquel était assis une autre petite fille et une soucoupe volante occupée par des jumeaux roux… Et le manège commença à tourner, tandis que la sono jouait un morceau d'orgue de Barbarie.

Les enfants firent un tour, et encore un autre tour. La mère des jumeaux prenait sa progéniture en photo.

Hadès se pencha vers le père qui faisait des grimaces pour faire rire ses gosses.

— Excusez-moi, lui dit-il, j'ai ma voiture garée tout près et j'ai bien peur de n'avoir pas mis assez de monnaie dans le parcmètre. Vous faites attention à ma petite fille une seconde ? Je reviens tout de suite.

— C'est celle avec les nattes, là ?

— Oui, dit Hadès. Une minute, au plus, je suis garé dans la rue, là…

Et il s'éloigna à grands pas. Il monta dans un taxi. Il fallait faire vite. Il avait donné rendez-vous à Nadine à dix-neuf heures place de la République. Il ne pouvait aller récupérer sa moto : les flics l'avaient peut-être repérée… Rentrer chez lui, au manoir, pour aller chercher sa camionnette ? Impossible : il lui aurait fallu prendre le train, puis marcher vingt minutes à pied, de la gare jusqu'au manoir…

— Vous connaissez une agence de location de voitures ? demanda-t-il au chauffeur de taxi.

Celui-ci réfléchit quelques instants, puis proposa une adresse, dans le quartier de l'Opéra. Hadès accepta.

Nadine attendait, la gorge serrée, devant un café, dans une brasserie, près du Printemps. La voix, au téléphone, lui avait dit d'attendre, on viendrait la chercher… Attendre et ne rien dire, ne rien tenter en direction de la police, si elle voulait revoir sa fille.

Elle sursauta en entendant un bruit de klaxon. Elle reconnut aussitôt le conducteur de l'Opel garée en double file. Ce type un peu dingue et très doux, qui ne demandait qu'à lui réciter ses poèmes. Elle se leva d'un bond et se dirigea vers la voiture.

— Ma fille, je veux voir ma fille… cria-t-elle en prenant place sur le siège du passager avant.

— Calmez-vous, dit Hadès. Je ne veux aucun mal à cette petite. Elle est en sécurité. Je l'ai… empruntée uniquement parce que nous devions nous rencontrer…

— Mais où est-elle ? reprit Nadine, je ferai tout ce que vous voudrez, tout, mais laissez-la, elle…

Hadès avait démarré. Il conduisait avec souplesse. La place de la République était loin, à présent. Ils tournèrent devant le Père-Lachaise, vers Gambetta, avant de rejoindre le périphérique.

Hadès gardait le silence. Nadine le dévisageait, de biais, effrayée.

— Où allons-nous ? demanda-t-elle.

— Chez moi, il y en a pour une demi-heure. Tout va très bien se passer.

Elle découvrit le manoir, dont la silhouette se dressait dans la nuit. Elle ne put se rendre compte qu'à demi de l'état de délabrement du bâtiment, en raison de l'obscurité. Hadès la pria d'entrer dans la grande pièce du rez-de-chaussée et lui indiqua un canapé, près de la cheminée. Il prépara du feu, et bientôt les flammes jetèrent leur lumière crue et dansante. Hadès s'assit près de Nadine.

— Pourquoi êtes-vous allée voir la police, tout allait si bien ? demanda-t-il, avec douceur.

C'est à peine si elle put discerner un ton de reproche, dans ses paroles.

— Ma fille... bredouilla-t-elle. Vous m'aviez promis...

Cette fois, il eut un geste vif de la main, qui marqua son agacement.

— Je vous ai déjà dit qu'elle était parfaitement en sécurité, à présent, sans doute entre les mains de la police, je vous en donne ma parole. Me croyez-vous ?

Il paraissait sincère. Nadine avait une envie folle de le croire, mais c'était impossible...

— Nous étions heureux, comme cela, n'est-ce pas, alors, pourquoi êtes-vous allée prévenir la police ?

Nadine tremblait ; elle inspira une grande goulée d'air.

— Ce n'est pas moi... je vous le jure. Vous aussi, vous devez me croire.

Et elle raconta l'arrivée des flics, le stratagème auquel ils l'avaient contrainte de participer. L'interrogatoire qu'elle avait subi, dans le bureau de Salarnier.

— Comment dites-vous ? répétez-moi le nom…

— Salarnier, c'est le commissaire, il s'appelle comme ça.

— Salarnier… répéta Hadès, en serrant les mâchoires.

Il se leva et arpenta la pièce, de long en large. Il s'arrêta devant un bar d'acajou et sortit deux verres. Nadine accepta un whisky.

— Qu'allons-nous faire ? demanda-t-il, angoissé. Nous ne pourrons continuer à nous voir, à présent. Et moi… j'ai besoin de vous.

Nadine l'observait attentivement. Ce type était fou. Salarnier l'avait bien dit. Il avait un regard absent, illuminé.

— Mais si… dit-elle dans un murmure. Nous pourrons à nouveau nous rencontrer, je ne leur dirai rien. Faites-moi confiance.

— C'est impossible, tout est fini. Je ne pourrai jamais supporter de ne plus vous revoir. Je vous aime depuis si longtemps, si longtemps. J'ai tout fait pour vous protéger, de tous ces salauds qui apportaient la mort. Vous ne saviez rien de tout cela, vous êtes si insouciante, vous l'avez toujours été. Mais ce n'est pas un défaut, c'est une qualité, une grande qualité, vous avez toujours… survolé la vie.

Hadès s'appuya contre le dossier du canapé, et renversa la tête en arrière, en fermant les yeux. Nadine le guettait. Il y avait le tisonnier, tout près de la cheminée. S'en saisir, et frapper ce dingue.

Il le fallait ! Mais elle était pétrifiée par la peur et ne fit pas un geste. Lui restait immobile, perdu dans des rêves obscurs. Il se leva brusquement, et se dirigea vers la platine, à l'autre bout de la pièce. Il choisit un disque et le posa sur le plateau. Puis il tendit les bras. Nadine se força à se lever. Il la serra doucement contre lui. Ils dansèrent. Elle ne résistait pas.

— Vous vous souvenez ? demanda-t-il. I'll remember April…

La musique n'atteignait pas Nadine. Elle connaissait cet air, vaguement.

— Vous ne vouliez pas faire ce voyage… c'était en 51 ? N'est-ce pas ? Nous avons traîné toute la nuit dans Greenwich Village, Charlie Parker passait au Vanguard…

Il l'embrassa doucement sur la tempe. Elle luttait pour ne pas crier, pour ne pas se débattre. Devait-elle espérer ? Il n'allait pas la tuer, c'était impossible, il ne pouvait pas la tenir ainsi, l'enlacer aussi tendrement…

— Non, reprit-il, les voyages ne vous ont jamais tentée, vous préfériez rester ici… Demain, nous irons voir les ruches, au fond du parc, je n'ai guère eu le temps de m'en occuper, mais elles sont encore là. Les abeilles sont là… C'était une de vos lubies… J'avais toujours très peur, quand je vous voyais partir, harnachée comme un guerrier médiéval ; d'ailleurs je déteste le miel ; une lubie, ces ruches…

La musique s'était arrêtée. Hadès tenait Nadine par la main. Leurs regards se croisèrent. La tristesse qu'elle lut dans ses yeux l'aurait profondément émue si… Elle crut vivre un cauchemar. Tout cela était impossible. Ce type n'avait tué personne. C'était un malade, un malade de solitude, qui ne demandait qu'un peu de pitié. Il s'inventait des souvenirs.

— Ah, dit-il, savez-vous que j'ai retrouvé la photo de Cadaquès ?

— La photo ? balbutia Nadine.

— Mais oui, vous savez, cette photo, c'était à l'été 58, sur le chemin de l'Espagne, nous nous étions arrêtés pour déjeuner, vous vous êtes baignée ensuite, et j'ai pris une photo…

Nadine écoutait en secouant la tête. Il fouillait à présent dans un petit secrétaire et lui montrait un cliché fixé sous verre.

— Voyons, poursuivit-il, c'est impossible que vous ayez oublié cela. Regardez, il y avait un personnage qui se promenait sur la jetée, et, au tirage, je me suis aperçu qu'il s'agissait de Dali ! Tout simplement de Dali ! On le reconnaît très bien…

Nadine tendit une main tremblante. Elle baissa les yeux vers la photo et faillit s'évanouir. Oui c'était bien elle, sur cette photo, en maillot de bain une pièce, et ce Dali, qui se baladait, au second plan, une canne à la main… C'était elle, en 58, à Cadaquès. En 58, j'avais quatre ans… c'est un

153

trucage, la photo est vieille, elle a jauni, elle a été truquée…

— Truquée ! hurla-t-elle en jetant le cadre.

Le bruit du verre brisé fit tressaillir Hadès. Il se baissa pour ramasser sa photo, écartant soigneusement les débris de verre.

— En 58, à Cadaquès, murmura-t-il comme un enfant qui s'entête lors d'un caprice, et Dali passait par là, c'est drôle… C'est une image. Une simple image.

Il s'était redressé. Il avança les mains vers Nadine, dans un geste de supplication. Mais son attitude changea soudainement. Il gifla Nadine avec une telle violence qu'elle fut projetée sur le canapé.

— J'aime cette image ! cria-t-il d'une voix cassée. Elle vit ! Elle vit ! Et l'image m'a trahi !

Il saisit la jeune femme à la gorge. Elle tenta de se débattre, mais elle n'avait pas suffisamment de force pour résister.

Il la souleva du canapé et la porta dans une pièce voisine. Elle ne comportait qu'un grand lit. Nadine lui donnait des coups de poing qui le laissaient totalement indifférent. De la main droite, il la maintenait plaquée sur le lit, tandis que la gauche déchirait la jupe, le collant… Nadine crut qu'il allait la violer, et cette idée, paradoxalement, la rassura : ainsi, tout rentrerait dans l'ordre. Mais elle vit la seringue qu'il avait sortie d'une petite boîte métallique posée sur la table de chevet.

Hadès l'empoigna de nouveau et la força à s'allonger sur le ventre. Du genou, il pesait sur sa colonne vertébrale. Nadine suffoquait sous le poids, et c'est à peine si elle ressentit la douleur de cette aiguille qui s'enfonçait dans sa chair.

Hadès, après quelques secondes, put relâcher sa pression. Nadine était consciente, mais inerte. Son regard devenait vitreux. Il la prit dans ses bras et la serra contre lui, enfouissant son visage ruisselant de larmes dans la chevelure brune et bouclée…

— Tout est fini, chuchota-t-il tendrement, tout est fini, Lola, maintenant… nous serons heureux, personne ne viendra, personne, nous resterons ensemble, longtemps, jusqu'à la fin… tu vas dormir, Lola, dormir, et je serai là, je veillerai sur toi, bientôt ce sera avril, nous fêterons ton anniversaire, I'll remember April, te souviens-tu Lola ? Moi, je n'ai pas oublié… je suis là.

22

La hiérarchie policière prit la décision d'ôter la responsabilité de l'enquête des mains du commissaire Salarnier. On le convia aimablement à se retirer quelques semaines. Cette mise à l'écart ne lui fut pas présentée comme une sanction : n'était-il pas surmené ? Les pénibles événements familiaux par lesquels il était passé, tout cela avait sans doute concouru à ce fâcheux résultat...

Il rendit visite au pauvre Rital, hospitalisé à la maison de santé de la police, boulevard Saint-Marcel. Rital portait une minerve et ne pouvait parler. Pour se nourrir, il devait absorber une bouillie très liquide à l'aide d'une paille...

— Allez, lui dit Salarnier, ne joue pas les martyrs, dans trois semaines, tu seras guéri, sans aucun stigmate ! On te donnera une petite rente d'invalidité que tu pourras reverser au denier du culte. C'est tout bénéfice...

Rital voulut rire, mais l'exercice était totalement déconseillé, dans son état…

— Ils m'ont mis au rancart… soupira Salarnier. La gosse de Nadine est chez ses grands-parents. On n'a aucune idée en ce qui concerne la mère. Ah, j'ai brillé… On a tout fouillé, dans le studio de la rue Bouchereau : fiasco total. La plaque de la moto est fausse, et le matériel vidéo a été acheté en liquide. La photocopie de la carte d'identité ne vaut pas un clou… Avec notre cirque, on a dû lui foutre la trouille, au dénommé Hadès, il ne remettra pas le nez dehors de sitôt. Tout est de ma faute. Si j'avais mieux fait protéger cette pauvre fille…

Rital l'interrompit en lui posant la main sur l'épaule. Il fronça les sourcils en grognant.

— Tu veux me consoler, hein ? ricana Salarnier. T'es incorrigible… J'en ai ma claque, mon vieux Rital, si tu savais…

Il posa un instant son front contre la baie vitrée de la chambre, puis sortit en adressant un petit signe de la main au blessé.

Il neigeait sur Paris. Salarnier enfonça ses mains dans ses poches et marcha. Il traversa la Seine, prit la direction de la Bastille. L'humidité et le froid infiltrèrent peu à peu le cuir de ses chaussures. Il eut froid aux pieds mais poursuivit malgré tout sa route : la rue de la Roquette, vers le Père-Lachaise.

À l'entrée du cimetière, il acheta un petit bouquet d'œillets rouges et remonta les allées en direction du colombarium. Il déposa ses fleurs dans un vase suspendu à un anneau, scellé près de la plaque qui marquait l'emplacement où reposaient les cendres de Martine.

— Pardonne-moi, murmura-t-il, je sais que ça te déplaît, mais je n'ai pas pu résister…

Ils avaient souvent parlé de la mort, autrefois, et Martine ne cachait pas sa répulsion envers ce cérémonial funéraire, et ce commerce infect qui se pratique autour de la douleur.

« Il faut accepter la fin, on saute le pas, et puis il n'y a rien, les bouquets et les pleurnicheries, c'est bon pour les vieilles femmes. »

Salarnier ferma les yeux. Sa mémoire résonnait du rire de Martine. Et il y avait là, contre sa paume, la froideur d'une plaque de marbre.

Il tourna les talons et quitta le cimetière.

Hadès lui emboîta le pas, à distance.

Salarnier marcha longtemps, du Père-Lachaise à la Nation, puis suivant la ligne du métro aérien, vers Tolbiac et la place d'Italie. La nuit tombait quand il atteignit la Poterne des Peupliers. Hadès observait cet homme qui ne s'était pas rasé depuis au moins deux jours et avançait en traînant les pieds, les épaules voûtées, Salarnier entra dans un immeuble et Hadès vit naître une lumière, au troisième étage, à droite…

Hadès guetta, debout, dissimulé sous un porche. La lumière s'éteignit. Salarnier voulait-il donc dormir ? Oui, là-bas, dans le Royaume des Morts, l'attendaient Hypnos et son frère Thanatos. Salarnier rêvait. Des ténèbres de la nuit, les songes monteraient vers lui. Ceux qui recélaient la vérité passaient par une porte de corne, et les rêves mensongers s'échappaient par une porte d'ivoire. Laquelle Hadès ouvrirait-il ?

Il frissonna : il avait hâte de retrouver son palais qu'entouraient les champs d'asphodèles, pour y veiller sur Lola.

Salarnier sursauta : la sonnerie du téléphone l'avait tiré du sommeil. Il lut l'heure, sur le cadran du réveil électronique : trois heures. À tâtons, il tendit la main vers le combiné et décrocha.

— Je suis Hadès… dit la voix.

— Hadès ! ? Comment m'avez-vous…

— Ne perdons pas de temps ! Descendez dans la rue, vous y trouverez une Opel grise garée devant chez vous. Montez, les clés sont sur le tableau de bord. Venez…

Salarnier se redressa dans son lit. Il porta de nouveau l'écouteur à son oreille mais n'entendit que la tonalité. Il était trempé de sueur : la veille au soir, il s'était allongé sur son lit, sans se dévêtir, et grelottait à présent. Il crut avoir rêvé, mais en regardant dans la rue endormie, il vit la voiture, dont la porte, côté conducteur, était ouverte.

Il descendit les escaliers en courant et s'approcha de l'Opel. Il se pencha pour examiner le tableau de bord ; les clés étaient en place. À cet instant, il sentit un contact froid, contre sa nuque.

— C'était bien prévu ainsi, n'est-ce pas ? demanda la voix.

Salarnier ne répondit pas et s'assit devant le volant tandis qu'Hadès s'installait à l'arrière.

— Démarrez, dit-il, je vous indiquerai le chemin.

Salarnier obéit et dévisagea l'inconnu dans le rétroviseur. Il ressemblait à l'homme dont il avait vu la photo, sur le document de l'agence.

Le voyage fut rapide : les routes étaient désertes, à l'exception de quelques poids lourds qu'ils croisaient de temps à autre.

Salarnier, suivant les instructions, obliqua dans un chemin forestier. Il aperçut bientôt la carcasse du manoir qui jaillit de la nuit comme une ombre hirsute.

— Nous sommes arrivés, dit Hadès, descendez.

Et Salarnier prit place sur le canapé, devant la cheminée où rougeoyaient encore quelques braises. Il dévisagea cet homme au visage impassible qui le toisait sans haine, mais sans aucune peur.

— Vous avez tout gâché, dit Hadès, j'étais heureux, et, vous, vous êtes venu saccager mon bonheur.

— Vous avez tué Nadine…

— Je ne pense pas que vous soyez un imbécile, monsieur Salarnier. Non, je ne l'ai pas tuée. J'ai lutté de toutes mes forces pour la protéger de la mort, de tous ces êtres infects qui venaient jouir de son corps et qui portaient sur la peau l'odeur fétide du cadavre. Non, monsieur Salarnier, je ne l'ai pas tuée.

— Vous êtes fou… Tous ces pauvres types, ils ne méritaient pas de crever comme ça…

— Oh, si, monsieur Salarnier.

Salarnier leva les yeux vers Hadès, qui se tenait debout contre la cheminée. L'arme pendait au bout de son bras.

— Dites-moi où est Nadine ? demanda Salarnier.

— Elle est ici, elle dort, en sécurité.

Salarnier frissonna. Si Nadine était vivante, tout reprenait sens. Et Hadès perçut ce tressaillement.

— Elle dort, reprit-il, mais vous ne la réveillerez pas. Elle est à moi, Lola est à moi…

— Lola ? Il n'y a pas de Lola…

— Ne soyez pas si sot, monsieur Salarnier, je veille sur Lola, et j'ai éliminé ceux qui lui voulaient du mal…

Salarnier se laissa aller en arrière. Il eut un ricanement amer.

— Lola, hein, dit-il, Lola, vous êtes un pauvre type, qui est tombé amoureux d'une pute, et vous la vouliez pour vous seul…

Hadès éclata de rire : un rire aigre, contre lequel il ne semblait pouvoir lutter.

— Vous n'êtes qu'un flic, monsieur Salarnier, vos rêves sont étriqués, et vous croyez que les autres vous ressemblent. Non, le corps de Lola, c'est la vie, vous comprenez, la vie… Je me moquais bien de tout cela, Lola est libre, mais ces marchands de mort auraient bien fini par lui inoculer leur venin…

Salarnier se leva et fit un pas en direction de Hadès. Celui-ci pointa le canon de son pistolet sur la poitrine du commissaire.

— Vous aimiez votre femme, monsieur Salarnier, alors, vous devriez comprendre…

— Ma femme, mais…

— Oui, vous l'aimiez, sans doute, peut-être mal, peut-être bien. Je vous ai vu, au cimetière, devant cette plaque, et vous pleuriez, monsieur Salarnier… Venez, nous allons voir Lola, à présent. Je ne suis pas fou, monsieur Salarnier, je me bats, je lutte, et on ne choisit pas ses armes… Avancez !

Hadès désignait une porte qui s'ouvrait à l'autre bout de la pièce. Un escalier descendait vers le sous-sol. Hadès appuya sur un commutateur. Ils furent bientôt dans la crypte.

Un néon jetait une lumière aveuglante sur un grand cube de métal.

— Avancez, monsieur Salarnier, murmura Hadès, Lola vous attend.

Salarnier ne voyait rien d'autre que cet énorme bloc d'acier. Hadès s'en approcha et fit pivoter une plaque qui recouvrait une partie réduite du coffre.

Une fenêtre vitrée apparut. Le givre couvrait la paroi intérieure. Salarnier se pencha et vit un visage de femme d'une extraordinaire pâleur. Elle avait les yeux clos et de petits cristaux de glace scintillaient sur ses cils ainsi qu'aux commissures des lèvres. Elle était âgée d'une cinquantaine d'années et Salarnier crut tout d'abord que la mort avait creusé les traits de Nadine…

— Mon Dieu… murmura-t-il.

Mais Hadès actionnait une autre plaque, dégageant ainsi une seconde fenêtre. Nadine était là, elle aussi, et sa peau avait pris un teint diaphane que la noirceur des cheveux accentuait encore. Ses joues étaient couvertes des mêmes particules glacées…

Salarnier ne put soutenir plus longtemps cette vision et se détourna.

— Voici Lola… murmura Hadès, Lola n'est pas morte, elle a retrouvé sa jeunesse. Monsieur Salarnier, après ce que vous avez fait, je ne pouvais la laisser libre, elle devait venir avec moi… Lola était malade, monsieur Salarnier, elle était rongée par un mal dont les imbéciles n'osent prononcer le nom… et les médecins ne savaient pas la soigner. Un jour viendra où l'on trouvera le remède, et je réveillerai Lola : elle sortira de son

163

sommeil, et je la guérirai… Et si moi, j'ai disparu, d'autres le feront.

Salarnier s'appuya contre un mur. Sa respiration s'était accélérée.

— Vous me comprenez, n'est-ce pas, monsieur Salarnier ? Je devais me battre, c'était impossible d'abandonner Lola… Elle reviendra, elle reviendra… Lola sera jeune, avez-vous vu comme elle est belle ? Nous allons partir, monsieur Salarnier, Lola n'aime pas qu'on la dérange ainsi…

Hadès poussa Salarnier vers l'escalier. Ils se retrouvèrent près de la cheminée. Salarnier avait l'esprit vide. Hadès le guidait vers une fenêtre. Au-dehors, une lueur encore hésitante descendait sur la forêt.

— Voici le jour… dit doucement Hadès.

Il ouvrit la porte et Salarnier le premier foula la neige qui recouvrait le sol. Ils marchèrent jusqu'à la ligne des premiers arbres, au sommet d'une petite colline. Au loin, à l'horizon, le disque rose du soleil d'hiver se dégageait lentement de son écorce de brume.

— Mettez-vous à genoux ! ordonna Hadès.

Salarnier, soulagé, obéit. Il leva les yeux vers le ciel sans nuages. Une nuée compacte d'oiseaux noirs prit son envol dans un froissement d'ailes. Et, à cette ombre qui s'élançait dans le jour naissant, succéda celle de la faux…

Avant d'être aveuglé par un torrent de lumière

rouge, Salarnier sourit. Il était heureux. Il savait à présent ce que représentait l'aquarelle que peignait Martine, là-bas, dans la forêt des rêves : une grande aile noire protectrice qui se penchait vers lui.

Et la porte d'ivoire se referma lentement.

DU MÊME AUTEUR

Aux Éditions Gallimard

Dans la collection Série Noire

MYGALE, 1984. *Édition révisée par l'auteur en 1995*, Folio Policier, *n° 52.*

LA BÊTE ET LA BELLE, *1985,* Folio Policier *n° 106.*

LE MANOIR DES IMMORTELLES, *1986*, Folio Policier, *n° 287.*

LES ORPAILLEURS, *1993*, Folio Policier, *n° 2.*

LA VIE DE MA MÈRE !, *1994*, Folio, *n° 3585.*

MÉMOIRE EN CAGE, *1995. Nouvelle édition*, Folio Policier, *n° 119.*

MOLOCH, *1998*, Folio Policier, *n° 212*

Dans la collection Folio Policier

ROMANS NOIRS, *2010, n°580*, incluant en un seul volume *Les orpailleurs, Moloch, Mygale* et *La Bête et la Belle.*

Dans la collection Page Blanche

UN ENFANT DANS LA GUERRE. *Illustrations de Johanna Kang*, 1990. Folio Junior édition spéciale, *n° 761.*

Dans La Bibliothèque Gallimard

LA BÊTE ET LA BELLE. *Texte et dossier pédagogique par Michel Besnier, n° 12.*

Dans la collection Folio 2 €

LA FOLLE AVENTURE DES BLEUS…, *2004, n° 3966.*

Dans la collection Folio Junior

LAPOIGNE ET L'OGRE DU MÉTRO, *2005, n° 1389.*

LAPOIGNE À LA FOIRE DU TRÔNE, *2006, n° 1416.*

LAPOIGNE ET LA FIOLE MYSTÉRIEUSE, *2006* (collection Histoire courte).

LAPOIGNE ET LA CHASSE AUX FANTÔMES, *2006, n° 1396.*

Chez d'autres éditeurs

DU PASSÉ FAISONS TABLE RASE, *Albin Michel, 1982*, Folio Policier, *n° 404*.

LE BAL DES DÉBRIS, *Fleuve Noir, 1984, Points, 2010*.

COMEDIA, *Payot, 1988*, Folio Policier, *n° 390*.

LE PAUVRE NOUVEAU EST ARRIVÉ, *Manya, 1990, Librio, 1998*.

TRENTE-SEPT ANNUITÉS ET DEMIE, *Le Dilettante, 1990*.

L'ENFANT DE L'ABSENTE, *Seuil, 1994*.

ROUGE C'EST LA VIE, *Seuil, 1994*.

LE SECRET DU RABBIN, *L'Atalante, 1995*, Folio Policier, *n° 199*.

LA VIGIE ET AUTRES NOUVELLES, *L'Atalante, 1998*, Folio, *n° 4055*.

AD VITAM AETERNAM, *Seuil, 2002*.

JOURS TRANQUILLES À BELLEVILLE, *Points Seuil, 2003*.

MON VIEUX, *Seuil, 2003*.

DU PASSÉ FAISONS TABLE RASE. Dessins de Chauzy, *Casterman*, 2006.

ILS SONT VOTRE ÉPOUVANTE ET VOUS ÊTES LEUR CRAINTE, *Seuil, 2006*.

VAMPIRES, *Seuil*, 2011.

Sous le nom de Ramon Mercader

COURS MOINS VITE, CAMARADE, LE VIEUX MONDE EST DEVANT TOI, *Fleuve Noir, 1984*.

U.R.S.S. GO HOME !, *Fleuve Noir, 1985*.

COLLECTION FOLIO POLICIER

Dernières parutions

Composition Interligne
Impression Novoprint
à Barcelone, le 10 novembre 2013
Dépôt légal : novembre 2013
1ᵉʳ dépôt légal dans la collection : janvier 2003

ISBN 978-2-07-042713-0./Imprimé en Espagne.